温度 阳光的 触摸

陈理华 著

天津出版传媒集团
天津人民出版社

图书在版编目（CIP）数据

触摸阳光的温度 / 陈理华著 . -- 天津：天津人民出版社，2018.5（2025.4重印）
ISBN 978-7-201-13222-8

Ⅰ . ①触… Ⅱ . ①陈… Ⅲ . ①散文集－中国－当代
Ⅳ . ① I267

中国版本图书馆 CIP 数据核字（2018）第 073489 号

触摸阳光的温度
CHUMO YANGGUANG DE WENDU
陈理华　著

出　　版　天津人民出版社
出 版 人　黄　沛
地　　址　天津市和平区西康路 35 号康岳大厦
邮政编码　300051
网　　址　http://www.tjrmcbs.com
电子邮箱　tjrmcbs@126.com

责任编辑　张　凯
封面设计　马晓琴

制版印刷　三河市同力彩印有限公司
经　　销　新华书店
开　　本　660 毫米 ×960 毫米　1/16
印　　张　18
字　　数　225 千字
版次印次　2018 年 5 月第 1 版　2025 年 4 月第 3 次印刷
定　　价　62.80 元

目　　录

触摸阳光的温度

宿舍后面有一小片竹林，冬天的一个中午，阳光晴好，闲着无事，到那儿走走，独享一下精神的宁静。

倚在一株亭亭玉立、柔情坚韧的竹儿身上，风儿如尘烟掠过，随后传来哗啦啦山涧清泉般的声响，悦耳动听，可是大自然为我演奏着最美的音乐？

静默地聆听来自岁月深处的声音，安享一个人的宁静。

偶然一低头，不远处的一块泥土微微隆起，像妇人初结喜胎的小腹。细看隆起处还有轻微的裂缝，很惊讶，笋？

我走近，蹲下身，泥土很松，用手轻轻一拨，细细的金黄色的笋尖儿就露出来了，果真是笋中皇后——冬笋儿。

这是她特地从红尘外向我走来吗？

笋有鱼鳞般的壳，白玉般的嫩肉，自古被视为菜中珍品，故有“山珍”之誉。何不挖来，打打牙祭，改善一下冬日里一贫如洗的生活。

转身回宿舍，找来一把小锄，挖开泥土，一个可爱的浑身穿着金黄衣裳的笋儿斜斜地、一动不动地躺在那儿，看样子还沉醉在竹海温暖如春的梦里。阳光斑驳地从竹叶间照下来，静默而美丽。

可爱的笋儿，幸福的笋儿，人世间的杀虐、掠夺、男盗女娼、刀光剑影，一幕幕都与你无关。若不是我的唐突，你会一直像睡美人那样睡在这儿，等待春暖花开的那一天。

记得父亲曾说过，世上本来没有冬笋，因为有个叫孟宗的孝子，隆冬时，母亲病了想吃笋，孟宗就顶着寒风跑到竹林里找笋，怎么也找不到，急得坐在竹子下哭了。岂料这一感动天地的哭，就让他看见一根笋从地下冒了出来……

小时候听这故事还真的相信，孝不但能感动人心，更可以感动天地，连竹笋这样的植物，都能让孝心感动得提前生长出来。现在再想起这个故事，心里只觉得好笑，想必这个孝子是个四体不勤、五谷不分的书生。找不来冬笋，只好坐下来哭，人在哭泣时涕泪俱下，手脚乱动，脚下的泥巴松开了，且他正坐着，就看见笋儿了。真有点儿瞎猫遇到死耗子的凑巧，却被编成一篇孝的文章流传下来，可见文人的能耐有多强。

冬笋味甘、无毒、主消渴、利水益气、营养丰富，作为膳食，有着非常悠久的历史，所以很多重要典籍都有记载。

一年四季都有笋，冬笋味道最佳，无论凉拌、煎炒都是人们喜欢的佳肴。大文豪苏东坡把笋当作美食，认为吃笋的人不瘦又不俗。原来笋还是美容食品。

文人墨客喜爱竹笋，为此写下不少佳作。如杜甫的“无数春笋满林生，柴门密掩断人行”。

扬州八怪之一的郑板桥，不但常常吟竹、画竹，而且还十分喜爱竹笋，美其名曰“寒士山珍”。而亡国之君李后主却把笋比喻为玉女尖尖的手指，“斜托香腮春笋嫩，为谁和泪倚阑干”。

后来，我在这片竹林里，又连着挖了好几个冬笋儿，望着无

意中得到的笋，喜悦的心情飞过寒冷抵达花儿盛开的地方，触摸阳光的温暖。

一时间，轻掸岁月尘埃，释放了一身疲惫。

彩虹毛衣

计划经济时代，什么都要凭票，穿衣要布票，买糖要糖票……

那时除了布票外，还会有额外的毛线票，这个是按生产队来分的。也就是一个小队一年会分到两到三张毛线票。分配者好像深知幸福不能一下子来得太多的道理。

一张毛线票可以到乡合作社买一斤毛线。一斤毛线对于有着二十几户人家、一百来号人的生产队来说，明显是僧多粥少。你要他也要，怎么分呢？为了体现公平，只有按户来分。这次十户，下次又十户，如此循环下去……

户头分好后，队长就让这些人选出一个人，队长就把票给他，大家也放心地把自己辛辛苦苦挣来的工分钱交给他，让他抽空去买毛线。

毛线买来后，各户分到一两。按这样的速度，想穿一件毛衣起码要等上八九年之久。

当然若有人不想要或买不起，而这个人与你关系又特别好，就会把这难得的机会让给你。如此，一次你就能得到更多，遇到这样的好事，积攒的速度就会快些。

即使你有幸得到别人忍痛不要的一两毛线，也很难说你就能快些穿上新毛衣。为什么呢？因为队里的年轻人是要娶媳妇的。若是这一年有人要娶媳妇，好像是约定俗成一样，那么这年的毛线票是一定要给他一张的。据说若是没有这张毛线票媳妇儿就有可能要黄了。人家姑娘可是把毛线一斤写在红单上的。当然，女儿出嫁是不用分队里的毛线票的，自有男方去想办法搞到。

因为一次一两，所以每次的颜色都不相同，显得五彩斑斓的。凑到够织一件毛衣时，就开始用竹子做的针来织，这极其珍贵的毛衣织起来的色彩丰富得让最善用色的画家也要汗颜。我们村的人管这种毛衣叫彩虹衣。穿上这么一件珍贵的毛衣也就等于把天上最美的彩虹穿在了身上。

记得我外婆就有这么一件深绿色的毛衣，是舅舅买来孝敬她老人家的。舅舅是艄排工，经常过南平，下福州，经济比我们家宽裕，路子肯定也多。

为了保护好这件来之不易的毛衣，外婆是使出浑身解数了。她把家里也许是几代人做衣服剩下的布碎拼接成一条条长长的布条，把毛衣的袖口、领口以及所有的边全包裹起来。本来清一色的一件上好毛衣，硬是变得柳绿花红起来。

正月里去她家拜年，看到她穿着那件锦上添花得有点过头的毛衣，又听她跟别人说很暖和之类的话，真让我羡慕呀！

不管是彩虹毛衣，还是外婆镶着布边的毛衣，它们都与当下流行的清新自然、慢生活风格的毛衣很像。

大树底下好乘凉

村子桥亭边有一棵大樟树，光影下，它的叶子像一朵蘑菇云，不时地有鸟在树上奔波着，清脆的叫声婉转在绿荫的周围。

那时的乡村是没有风扇的，一到夏天，特别是正午，吃过饭的农人就会陆陆续续来到这棵大樟树下。因为这里是最好的乘凉处，他们或坐在树下，或躺在那儿，有的还嘴衔一根烟……

女人们有的抱着孩子，有的拿着针线，也有的只带一把蕉扇……男男女女在那里说说笑笑，有不怕吵的就在那儿睡着了，呼噜声比树上的蝉鸣都高。旁人在那儿笑，这也睡得着，猪呐！好一幅农耕社会的休闲图。

有风吹过，一片翠绿的叶子飘落下来，要是落在男人头上，有人就会调侃，仙女降临人间……

若风大些，古树会发出响声，树荫也会被吹开，热热的阳光乘虚而入，这时，树下就会斑驳一片。风过后，树叶又恢复原样，遮住了天空似的，树下只剩下一味地平静与清凉。

正午过后，人们恋恋不舍地离开了，到田间地头劳动去了。

苦尽甘来

年前接到通知，说是文学协会开年会。在这写作高手如云的小城，作协的活动从来没我的份，能去参加这样的会，见见本地的大文人，真是很高兴。可是，通知我的作协秘书长却委婉地告诉我，座位都是规定好的，小孩就不要带了，让她到你妹妹家去吃午饭吧！

不愧是当秘书长的料，想得真是周到。记得上次有一个会议，带小孩去就吃了黑面汤了，心里早就发誓，再也不会带孩子去那些场合了。梅秘书长的直言不讳让我喜欢的同时，也让我想起了从前的一件类似的事来。

C是同事，人长得不好看，老土，一只脚有点儿残疾。那时每学期初都要集中学习，大热天的她也穿着布鞋，没一个人见过她的脚，我们都年轻，还带着一点孩子气，很好奇总想看看她那只脚到底残在哪儿。于是，商量好了，等晚上她洗完澡回来睡觉时，总不能穿着鞋袜吧。这大热天的，但那么多双眼睛盯着，就是没看到，等她睡在床上，我们故意来来回回地从她床前过，只见她的一只脚上盖着一条旧毛巾，另一只脚却什么也没盖，肆无忌惮地放在那儿，气得我们面面相觑，互相做着鬼脸。避开她，大伙悄悄议论：从来没一个人看见过，藏得真好……

C和我一样没有后台，又不懂变通，似乎比我更惨，总是在最边远的单人校任教，所以我们总有点惺惺相惜之感。更惨的是，她找了个懒得不能再懒的男人。

一般来说，农村男人都很能干，可C的男人竟天天在家里玩，平时就抓抓石鳞，钓钓鱼。有了第一个孩子后，C那点工资就不够花了。据说，冬天C会特意煎一个蛋，把饭装好，哄她男人上山砍小竹或芦苇秆什么的，她男人也去了，到了山上，睡上一觉，吃过饭，空手而回。当看到别人家的男人拉着一板车的苦竹子或芦苇秆回到村子里，C的心里真不好过。谁知这样凑合着过了几年，这男人竟玩起了失踪。那时只要一说起她男人C总是泪水涟涟的，那哭声饱含了在生活面前粗犷的苍凉。十几年后，才知她男人在百里外的一座庙里当主持。

我深知人在孤寂无助时的痛苦，那是一种无法排解的痛。我总是劝导她：这就是命，上天送给你善良坚强的心和博爱的胸怀，就会没收你的另一些幸福……

让我记忆最深，也最痛的是，那时老师几乎每学期初都要集中开会，吃饭的时候凭票就餐，十人一桌。饭是到大饭桶里去盛，菜就规定那几碗。C带着两个小孩，男孩六七岁，女孩三四岁，正是饭袋子的年纪，没人与她同桌。可能是学区领导与食堂协商的结果吧，一家三口另外给一点菜，坐在一角落里吃一日三餐。他们一家的就餐方式，与老师们热热闹闹、有说有笑的情形大不相同。人生的失意尽在不言中。

角落里C一家三口吃饭的样子，看了让人心疼。给我的感觉是，她被现实抛弃了。继而一想，表面上看是同事们轻视他们母子，其实，这就像祢衡裸身骂曹一样，被羞辱的不是她和两个幼小的孩子，而是我们这些心硬如铁的同事们。

我们之间每每不经意的偶然相遇，好像总有说不完的话儿。说着说着，她总会说到我对她的好，曾经给过她什么帮助，不像一些人老欺负她，一点也不顾情面地骂她之类的话语……

对她所说的曾给过她关心帮助之事，我真一点记忆都没有。想想也有可能，那时的我，正是吃爹的饭，穿娘的衣，身体又好，自己挣钱自己花的美好年代，见她一个女人拖儿带女的，工资又少得可怜，她是民办教师，最后一批转正，不容易，给过她一些小小的帮助是有可能的。

C 人很好，善良，单纯，在做人方面真的没法与一些八面玲珑或工于心计的人比，但在为人师表方面，却是最好的。艰难困苦中她对孩子倾注了所有心血，学生们都非常爱戴她，尊敬她。如今退休好多年了，学生们还依旧记得她，对她念念不忘。全国各地工作、经商、打工的学生，常常请她到上海、广州、北京去玩，说她桃李满天下一点也不为过。这些可爱的学生，他们从来没有忘记这位一直坚守在乡村，给过他们知识和理想的好老师。

常言说，没有过不去的大河，也没有跨不过的坎。C 生的一双儿女也算小有出息，前不久她来学生这儿喝喜酒，到街上买红糖给女儿坐月子用，我再次遇到她，才知她儿女都已成家，一家子都在武夷山，儿子还在当地买了一套商品房，不简单呀！

我在心里默默地叨念着，苦尽甘来，苦尽甘来……

粿巷的粿

现今社会，真正能打开一座城门的，不是武力和枪炮，而是文化。而美景、美食一直都是一个地方最具特色的文化。

建瓯粿巷的粿很是特别，每到下午三点左右，就会有一个人挑着两个木制粿桶来这儿，一头是一只完整的桶，桶里装着满满的包好的粿包，最上面放着一罐调料；另一头的木桶，其实是一个炉子，桶的一边开着两个口，下面一个口是漏灰和通风的，中间那个口是放柴火用的，桶口处放着一个黑乎乎的铁鏊子，上面摆满了粿包。

这个人五十左右，光光的额头，胖乎乎的脸，整个人就像一只大粿包一样。他在巷口处停下来，就可看到有一缕缕的烟从鏊子的四周冒出来。这人一停下，就开始放开喉咙叫：“粿包哟！粿包哟！”那粿和哟字都叫得短而促，唯有那个包字拉得特别长。这个人边叫还要边不时地翻转鏊子上的粿包，这鏊子底下旺旺的火，会把一个个白白的粿包烤成黄铜色，那粿香自然也就随着烟与风飘得远远的，想吃粿的人就会慢慢地围过来，你一个，他三个地买。

大家都知道，建瓯的小吃，最出名的要算光饼，而粿并没有被建瓯的媒体或文人作为一种美食来推荐。

把烤出来浓香，里面包着萝卜丝或芋头丝的粿，再刷上些蒜泥、辣椒酱，吃起来就自有一番别样的口感。

其实建瓯的粿与别处的相比，它的特别之处就在那一对木桶上。其他县市也有人卖粿，但他们似乎早就变得现代化了，用的是塑料桶，最多也是用一个提篮，放在自行车的后面，叫作翁子。让我听来像是走在异乡似的陌生的不得了。而建瓯人粿呀粿包的这种叫唤倒让我觉得像是在自己的家乡，像听到邻居叫我吃粿一样的亲切。

当然要说建瓯的独特风情，在小吃上，还真有点特色，比如豆腐子、仙人菜，口味独特。仙人菜如墨色的玉一样，滑滑的，有特别的清香。

其他城市也有人卖豆腐子，但不是叫本地话，采用的是外地人的叫法——豆腐脑。

最有意思的是，一个卖小吃的，不知他是哪方人氏，晴天雨天都戴着一顶斗笠。电动车后面横杠上高高地绑着一个白色泡沫箱子，拖斗上还有一个白色的不锈钢桶。他是怎么叫的呢?

“五子蛋，热狗，鱼丸，很好吃，好吃又不卖!”这种叫法更像是在与顾客聊天，听了会让人忍不住想笑，哪有这样做生意的。

总之，在建瓯品尝着具有浓浓地方特色的小吃，随着香味在唇齿间游走，那舌头早已感知到了人间的烟火气息。这样的烟火气息，是种乡土的情怀和对日子的满足。

善良很小

故事的主人公叫周清泉，建阳人，在这里主要说他的乐善好施。周清泉到底做过多少好事？也许他也像雷锋一样好事做了一火车，但是由于他本人是个不张扬，做了好事不留名的人，所以鲜为人知。

从他的简历来看，周清泉在童年吃过不少苦，成年后插过队，当过兵。可能就是因为这些看似平凡又不平凡的经历，才养成了他乐善好施、乐于助人的好品德吧！

从部队转业后的周清泉，没有选择从政，做过许多工作，后来成了一名商人，成了建阳花园酒店的老总。在我们的观念里，为商之人大多是又奸又滑之徒，这些人可以为了利益不择手段，有的甚至可以牺牲别人的性命。可是这个周清泉，他却不是这样的。

1961年江西丰城火车站，七岁的周清泉正坐在行李上，小心地啃着手中的馒头。突然，一个比他高不了多少，穿着破烂衣裳的黑瘦孩子冲了过来，猛地把他手中的馒头抢了就跑，他吓呆了，好一会儿才哭出声来。

听到哭声，父亲来了，执勤的警察也把那个孩子捉住送了过

来。孩子手上还紧紧地抓着那个已经被脏手捂黑了的白面馒头。父亲没有打骂这个孩子，而是从口袋里掏出了一些钱和粮票，对旁边的警察说：“同志，麻烦你去帮我买两个馒头好吗?”当警察叔叔买回馒头，父亲便把一个馒头给了他，另一个则给了那个还在浑身发抖的男孩。那孩子看着父亲不敢伸手去接，父亲便抓过他的手把馒头放在了他的手上。那孩子握着馒头直直地看着父亲，许久才慢慢地把馒头放到嘴边轻轻地咬了一小口，小心地咀嚼着，接着就大口大口地吞咽起来，好像生怕会被谁抢走一样……

周清泉的母亲也常说，饱了给一斗，不如饿了给一口。在父母的耳濡目染下，周清泉从小就心地善良、平和。到了能挣钱的年纪，他辛辛苦苦挣来的钱，除了拿来帮助有困难的战友、朋友之外，还用来救济穷人，帮助急需救助的人。1998 年那场大水，许多灾民没房子住，就免费住在他的花园酒店里。还有一年，天一直下着雨，许多住在山边的住户，政府怕山体滑坡会压坏房屋危及这些民众的生命，那些人就全搬到了他的酒店里去住，一直住到雨过天晴。汶川地震，他还组织酒店里的员工一起为灾区捐款捐物。

一次周清泉在考亭文苑上看到一个求助帖，说的是一个没钱医治，准备回家等死的老人的事。周清泉马上拿出两千元，悄悄地送到了医院。他既没留下姓名，也没有在网上跟帖，后来那个发帖子的人从老人儿子那儿知道了有人为老人捐款之事，猜测又是周清泉的善举。周清泉的善举和他做好事不留名的高贵品格，让那个贫穷又可怜的老人，感受到了来自陌生人的温暖。

人活着，能在别人有困难的时候伸出友爱之手，就像在黑夜点亮一盏灯一样，一盏善良的灯，它能点亮生活、点亮社会。让善良的光辉传递，让世界动容，让爱充满人间。周清泉所做的一切，都是因为在心里有一个“善”字，也正因为如此，才让人感动。

同样是做好事，却有着不同的结果，有个网名叫吾慈物的人，也是在考亭文苑上看到一个帖子，帖子说的是一个手脚都有严重残疾的老太太，想得到政府的帮助。这个吾慈物看到了就大发善心，捐了一百块儿给这一位老太太，还亲自送到老太太的家里去。回来后还在网上指责别的网友不捐钱，他这样做大概是想让人家写文章表扬他吧。后来，没有得到想得到的荣誉或名气，就暴跳如雷，在网上破口大骂，说发帖子的人欺骗他，还一而再再而三地抹黑周清泉……这样伪善的人渣，这样一副嘴脸与周先生的谦谦君子之风相比，真是让人无语。

善良很小，做了好事并不一定就能得到回报，只有不求回报的善才是真的善，像那无言的桃李，下自成蹊。而那些伪善的人不但得不到人们的尊敬，反而会让人一想到就恶心。善很小，却是一盏能照亮黑夜的灯。但恶虽小，却为人所不齿，让人感到世界一片黑暗……

怀念萤火虫

昨晚，在田间那条弯弯曲曲的小路上散着步，突然眼前一亮，一只小小的萤火虫在我面前慢慢地飞舞着，盘旋着。

也许是心有灵犀吧，我伸出手，它好像知道我的心意似的，就那么轻轻地落入我的掌心。好可爱，好熟悉的精灵啊！

望着手心里一闪一闪的萤火虫，感觉好久没有看见过它了。四周一看却不见它的同伴儿，它们呢？

捧着这只萤火虫，思绪被它拉到纯真的童年时光里去了。

那时，夏天的晚上才是乡村孩子的天堂。吃过晚饭后，整个山村就是萤火虫的世界。

看着一群群萤火虫从草丛中飞了出来，在暮色下翩翩起舞。它们提着闪动着的灯笼，无声无息地游走在山林、水田、小河、鱼塘、村庄里，简直就是一个梦幻般美丽的世界。看着它们自由自在地飞向想飞去的任何地方，心里会产生一种很神奇很温暖的感觉来。

村外，在有水的地方看萤火虫更是美妙绝伦。那萤火虫像无数的星星在空中也在水里闪动着，跳跃着，飞舞着。若有迟归的农人，那此时的他是幸福的，头发上、扁担上总会有萤火虫轻巧地落在那儿，为他点灯引路。更有趣的是孩子们，在凉风习习中，总在萤火虫最多、最密集的地方跑来跑去，追逐，嬉闹，唱着千百年来人们爱唱的儿歌："萤火虫，火绿绿，点灯笼，接媳妇……"边唱边伸出小手去空中抓有着诗情画意的萤火虫。我们光着小脚丫，在那里纵情地奔跑着，欢笑着。有时还把萤火虫抓来装到洗净的蛋壳、玻璃瓶或用白纸折起来的八角小灯笼里，回家把它放在自己的床头或挂在蚊帐里，作为照明的灯光。那时乡村点的是一盏如豆的煤油灯，比萤火虫亮不到哪里去。这萤火虫做的灯儿，还真能照亮我们童年的夜空呢！这充满快乐的生活还真有点"昼长吟罢蝉鸣树，夜深烬落萤入帏"的古意呢。

那时年幼无知的我们不知道古代有个白天抓萤火虫，晚上读书的故事。若知道了定会笑那是吃饱了没事干的人杜撰的故事。萤火虫只有在晚上才好抓，白天哪里去找？

有时会被闪动的萤火虫吸引，然后慢慢走去，寻找聚集萤火虫最多的地方，找到一片茂盛的草丛前，比我人还高。草在星光下看去是暗紫色的，像《红楼梦》里的绛珠仙草，草丛间繁星似的密密麻麻地飞满了萤火虫。忍不住童心大发，伸手轻轻一拨弄，正在休息的萤火虫们都飞舞起来。瞬间星光灿烂，置身在一圈美丽的光环中，比童话里的公主还要幸福百倍……

后来，不知从哪一年开始，感觉乡村还是"暧暧远人村，依依墟里烟。狗吠深巷中，鸡鸣桑树颠"的田园光景，星空也还是那样的星空，就连夜晚的风都透着同样凉凉的芳香，可就是萤火虫不见了。它们不会也像有出息的人那样，都齐齐往大城市里迁徙而去了吧？

萤火虫，让我怀念的萤火虫，它弱小短暂的生命，却能用点点光亮照亮自己的前程。其实普通人的一生，也像萤火虫那样，在默默无闻的日子，努力地发出渺小的光亮来，证明自己还活得快乐或有意义。

杨梅熟了

街上那个中年女子，用扁担挑着两个扁扁的八角竹篓，圆圆的口上浅浅地盖着一层蕨类植物，透过梳齿状叶片以及篓子上细小的孔隙，可看到里面装着颜色紫黑、外形饱满、透着点点猩红的杨梅，这两只竹篓告诉我——杨梅熟了！

暗红配着浅绿，这种有违美学强烈对比的色彩，却能给人一种视觉上的亲切感。只要一看到就能一下子勾起对杨梅又酸又甜的怀念来。

从小就爱吃杨梅，早已垂涎三尺的我，快步冲了过去，拽住那人肩头的担子，迫不及待地问道：“哪里的?”那女子回过头，然后慢慢放下担子，扒开竹篓上面的绿叶：“东魁杨梅，十元一斤。”天啊！杨梅都这价啦！

“东魁杨梅”！语气中有点皇帝女儿不愁嫁的心高气傲！最要命的是，她还从篓子中捡出一粒最大的，两根手指捏着，在你面前一晃，当你误以为是给你吃时，却飞快地放进了她自己的嘴里，当着你的面有滋有味地吃了起来。真是“龙睛乌果诱流涎”呀！一时间我就像曹操手下望梅止渴的士兵，内心里有种不可名状的快意，唇齿间溢满口水。

合江的“东魁杨梅”以肉厚、汁多、核小、形大、色泽鲜艳而闻名。这产于海拔600米以上的肉质松软、芳香爽口的优质杨梅，曾让多少人喜爱呢！明代徐阶为这世间难寻的美味特地写下了“折来鹤顶红犹湿，剜破龙睛血未干。若使太真知此味，荔枝焉能到长安”的诗句。如今遥远的桥头山上的杨梅树，顽强地坚守着独一无二的酸甜味道……

见我犹豫着，女人又说：“这可是新下山的杨梅，我这是因为要到城里来买些东西，才顺便挑那么一点来的。我们那里的杨梅，因种植不是很多，且口碑很好，所以物以稀为贵啊！你知道吗，杨梅一熟，每天有很多小车、摩托车到我们山上去买呢！有的人怕吃不到还要提前预订。我这杨梅没有打农药、施化肥，正是现在人们喜欢的绿色食品。绝对不是那种靠催化剂催熟，以次充好的冒牌杨梅。你若错过了，就可惜了。”

这年代，一个看上去老实巴交的卖杨梅的女人也这么能说会道。“能先吃一个吗?”“吃吧，自家种的，没事！别说一个，两个也成。”当一个杨梅下肚，一种清新的感觉直钻心底，是记忆中的口感。

精明的她，看准了我的心思。从随身的包里拿出一杆小秤，再从扁担头上扯下一个袋子，把杨梅一个一个地放进去。杨梅被垒墙似的垒在一起，暗红色的一个圆点接着一个圆点，就那样艺术地展示着。付了钱，提着杨梅，在初夏人来人往的大街上，我旁若无人地开始大快朵颐，全然不顾别人像看个怪物似的看着我！那些看我狼吞虎咽吃杨梅的人，也许不会明白，一个在喧嚣嘈杂市井讨生活的人，一不小心尝到家乡的味道，所表现出来的那份贪恋和放浪形骸。

苎　麻

闲来无事，在《诗经》里寻找着自己熟悉的植物，翻着翻着就读到："丘中有麻，彼留子嗟。彼留子嗟，将其来施。"看那注释说：记住那土坡上一片大麻，那里有郎的深情留下。那里有郎的深情留下啊，还会见到郎缓缓的步伐。读着这些从远古诗歌里截取的片段，有一种贴近心灵的松弛，内心像山涧流水那样清澈、安然、美好。

《国风·陈风·东门之枌》也有写到苎麻的诗："谷旦于差，南方之原。不绩其麻，市也婆娑。"写的是在苎麻生长的原野上，爱的天空里，一个身穿白色衣服的快乐柔媚的女子，搁下手中正纺着的麻，走到成片的苎麻旁婆娑起舞。流云萦绕，在那种上古静谧的气息里，是一幅怎样动人心弦的画面呀！

生命里永恒的爱，温暖千古人心的绝美诗歌，从苎麻里流露出来的，是一种欢快的倾诉，倾诉里，飘忽的白色苎麻，好像跳动的音符……

读了这些上古流传下来的诗歌，记忆像流水那样慢慢流淌，自然而然地流进了那个小小的村子里去了。从前，村子里所有人的菜园四周都种着苎麻。在村头村尾的沙石缝隙间，也是苎麻的生长地，也许它们已在这里生长了几千年。那些长着高高秸秆、大大叶子的苎麻，在落日之下或风雨里摇曳着，叶子时而亮出白色的一面，时而翻出绿色的一面，像魔术师似的。更多的时候它们在阳光下静默，在月光下沉思，像极了那些辛辛苦苦在田野里劳作的农人。

如今，人们已不用自己做鞋、织布了，所以在乡村要想见到《诗经》里的苎麻已经很不容易了。那些在我们的生活中扮演过重要角色的苎麻，想见却没有痕迹，很难找到它的身影了。

曾经我们是多么需要它，男人去田里耕种，到山上打猎，女人在园子里种植苎麻，用以纺纱织布，那是多美的一幅男耕女织图呀。

故而，苎麻在上古农耕社会的作用，不是文化的，而是生活的。乡村里，每当夏季清晨时分，妇女就会把那些生长得十分旺盛的苎麻砍倒，捋下肥肥大大的叶子给家中兔子或鱼塘里的鱼当食物。然后用刮麻丝刀，用刀口紧顶着麻丝，一拖到底，麻的表皮就会落下，一圈圈像蛇皮似的。这麻刀是一个卷曲的铁片，微厚，钝口，四五寸长。

剩下的里皮，就是苎麻，做完这一切，把剥去外皮的麻成捆地捆好，放在碧水荡漾的池塘或水沟里浸泡。经过一段时间的浸泡，去除苎麻体内的碱性，捞出，轻轻地敲打后挂在竹竿上晾晒，晒干后其色微白。

晒好的苎麻用处可多了，可用双手直接搓成粗绳子，用来做背篓、箩筐的提绳和捆绑物件的绳子等。

要把苎麻搓成细绳时，要用专门搓绳的瓦筒放在大腿上搓。搓绳人坐着，旁边放一碗水，边搓边把苎麻放在水里沾一下，搓好的绳子会被小心地盘起或圈起来。这种绳子主要用于纳鞋底。

更精细的就是把苎麻纺成线，要专门的纺线机才能纺成。这苎麻线，被巧手的妇女织成有细小洞洞的纱布，用来做蚊帐或做豆腐用的布，或织成一种机布，也叫夏布，这种布不保温只能在夏天穿。明朝时建阳长埂的机布就非常出名。

值得一提的是，家中有女儿出嫁，箱底一定要有一捆苎麻丝，象征着父母对女儿的祝福与挂念，也祝福新婚的女儿日子像这苎麻一样繁茂。做满月（女儿嫁到男家一个月，父母要送上针线）时也要送上一捆贴着红纸的苎麻，据说，这样女儿在婆家做鞋子时就可以避免向婆妈开口要这要那的，让人生厌。另外，最重要的一点是，是用苎麻向婆家表明，我女儿是个手巧的人，凡是与麻有关的女红她都能做……

遇到老人去世，孝子们要披麻戴孝，谁都知道，披麻与戴孝是两回事，亲人过世，孝子先披麻，后戴孝。披麻时嫡亲子女在臂膀上戴一用苎麻布做成的袖圈，男左女右。他们脚上穿的鞋子头上也要各钉一朵用苎麻做成的花，或干脆用麻绳系一个蝴蝶结。女子还要在头发上插一朵用麻线扎起来的花。手上用麻线编成一条辫子，串两个铜钱。

出葬那天，孝子身穿麻衣在腰间系一根粗粗的稻草绳，头戴麻布做的帽子，帽子上也系着一条稻草绳。披麻，用以表达晚辈对失去老人的悲痛和沉重。起灵前，孝子们一色麻衣麻帽对着先人跪拜；起灵时，孝子们依依不舍，一步一弯腰地向后退。棺椁出得大门，孝子们扶着棺椁慢慢前行。

老人出殡六十日，要开粗孝。这天孝子们把身上所有用麻做成的袖圈、头花、鞋子上的花，统统放在火里烧了，然后开始戴孝。如今苎麻的其他作用似乎都消失了，唯独在山村这披麻的风俗习惯还保存着……

有关苎麻的注解：苎麻，产于中国西南地区，是多年生宿根性草本植物，是重要的纺织纤维作物，也称白叶苎麻。其单纤维长、强度大，吸湿和散湿快，热传导性能好，脱胶后洁白有丝光，可以纯纺，也可和棉、丝、毛、化纤等混纺，闻名于世的浏阳夏布就是苎麻纤维的手工制品。

苎麻叶是蛋白质含量较高、营养丰富的饲料。麻根含有“苎麻酸”，有补阴、安胎、治产前产后心烦等作用。麻壳可脱胶提取纤维，供纺织、造纸或修船填料之用。

苎麻这种带给我们许多美好的植物，会一直在大地上生长着，在中华儿女的心里繁茂着……

苦菜记

母亲让我把苦菜干带到建阳去卖，说实话我最怕这差事了。古稀之年的母亲还得为生计奔波，我没有理由不帮她卖这苦菜。母亲也许已猜出我的心事，忙说城里人喜欢这个，好卖得很。

她老人家怕我不知行情，又交代：有人卖三十，也有人卖二十五的，自己的东西，二十就可以卖了。到了建阳，直接把一大包苦菜拿到水南菜市场，在一面摊不远的地方放下，还没等我站稳，浑身沾着面粉的女人，直嚷说气味不好闻，要我放别处去。

挪到市场口，挤在一卖扫把的老人旁边，直直地站着等买主上前。只见时间与无数张陌生的脸，嘈杂地从眼前流过。他们对不起眼的苦菜干竟然不屑一顾。偶尔有一两个人很随意地问一下价格，然后就急急地走开。快中午时总算来了位有诚意的男子，一开价十五块一斤，还说别人就是这价。这是母亲劳动时随手从田间地头摘的，用斗笠、围兜或用一根芦苇捆起来一点点地带回来，洗净，用开水烫过，晒干，好不容易才凑成这一斤两斤的，我不能这么便宜就卖了。

还想站在这儿卖，可肚子饿得咕咕乱叫，只好到对面买了一元钱的面。这女老板见我卖了一上午也没卖一斤就说："要逢墟才好卖呢！那时人多，苦菜干只有下四府的人才爱……”

正好，第二天就是北门墟，起了个大早，胡乱吃了点早饭，就往北门赶。怕待会儿太阳毒，找了一棵大树，树下早有一卖土鸡蛋、土蜂蜜的人坐着了，我小心翼翼地把苦菜干放在他旁边，开始他反对，我说都是出来卖东西的，行个方便吧！这人倒好，没再说什么。因为天太早，来赶墟的人不多。我找了块石头，坐下与他聊天。

渐渐地，人多了起来，这老头的生意好兴隆。我的苦菜依然无人问津。一大袋的土糕片丝卖了，又到后面小店里提了一袋，这时我才明白，原来他卖的那些貌似土特产的全都不土。

再看看斜对面，不知何时来了一位老太太，卖生苦菜，就是用开水捞过没有晒干的那种。那个抢手呀，让我心里满是嫉妒，不到一小时，一大桶的苦菜卖了个精光，三块钱一小坨。

同样的东西，用不同的方式做成，差别竟那么大，大得几乎让你忘了它们本是同一种东西。

若硬要把苦菜比作人生，对面老太太卖的青绿苦菜，就是阳光下明眸皓齿的青春少女，人人都喜欢，或者说是一群衣着光鲜、春风得意的人，备受眷顾。我面前的苦菜干，干瘪、清瘦，黑乎乎的，如垂暮的美人，谁还记得那曾经的一笑倾城，再笑倾国呢？

两物相照，谁的人生被注目，谁的人生被无视……

一种菜的好不好卖，竟牵扯到人生与命运的关联上去了。

守住心灵最初的质朴

周末，送侄儿去坐车，乡下是没有车站的，班车就停在一棵枝繁叶茂的大樟树下，静静地等待着需要坐车的人，有点像姜太公的鱼钩，直直地垂在那儿。这里的车，好像也没有固定的开车时间，人多了就开，人少了就等。

当我们走近车子从窗口望去，只有两三个人坐着，心里一喜。上了车，见第一排的双人座靠边坐着一个低头玩手机的女孩，问她身边的座位有人坐吗，女孩头也没抬说有人。再一看，几乎所有没有人坐的座位都用包呀伞的占着。心中稍有不平，说了句："这些人，怎么总爱这样占位子。"不想这话惹怒了刚才那女孩，我无意中摸到了老虎屁股，女孩放下正玩得起兴的手机，微微抬头破口就骂："占位子怎么啦，又不是你的……"骂了好多话，声音之粗，与她的年纪和纤弱的身体一点也不相称。真是人不可貌相，这样一个看上去青涩的中学女孩，开起口来倒像河东狮吼。我忍不住说："小孩子这样不好。"谁想我这一石激起千层浪，女孩又开始连篇骂起来。

如今的孩子怎么啦？成了说不得、批评不得的主儿了。我只好傻站在那儿苦笑。真想问问她，到底是谁让一个十三四岁的孩子，变得这么乖戾、暴躁，出口成“脏”？学校，社会，还是家长？可冷静下来一想，何必为这样的孩子生气，不值得。

见我不再言语，得胜的女孩又埋头玩她的手机去了，一头如瀑的秀发几乎把整个脸都盖住了。寥寥几人的车上，又恢复了平静，静得连头顶上微风吹过樟树，叶子发出的轻微声响都听得清清楚楚。过了一会儿，卖票的来了，要坐这趟车的人也从四面八方的角落里来了。我下车，侄儿自己买票。卖票的找给侄儿一张很破的钱，小家伙对着窗子外的我说：“姑姑这钱是破的。”我说：“你让阿姨给换一张吧！”胆小的孩子面露难色，看看我，有点心不甘情不愿地把钱揣进了兜里。

当时我也没说什么，后来电话里我问：“如果别人给你一张假币，你也不敢吭声？”电话那头一片沉默。一时间，心里有话要说，但又不知要说些什么。孩子是我一手带大的，平时总是要他忍让、宽容，难道是我把孩子教得这样软弱？

继而一想，都说吃亏是福，孩子这样与世无争更好，我应为这样的孩子感到宽慰才对。应该让他做一个谦卑的人。

愿天下所有孩子都拥有一颗淡然平和的心，守住心灵最初的质朴。

温暖的粗布

小的时候，吃饭凭口粮，穿衣要布票，过的是食不果腹、衣不遮体的苦日子。

一天，吃过晚饭后，听母亲对坐在门槛上抽草烟的父亲说："这几年，亲戚里接连有女子出阁，一个女子要送六尺布，今年又有两家，算起来，好几年家里都没添新衣了……"

父亲看着母亲沉默了一会说："我打算把西坑垄的那块坡地开了种些棉花，打一床被子给孩子睡。她大了，还挤在一张床上！那片地很大，除了打床被子，还可织些粗布做衣服给孩子穿，我们大人穿破点没关系，孩子要穿好点。"

正在洗碗的母亲轻轻地叹了口气："你忘了开荒田被没收的事啦?"

父亲再次沉默了一会儿："我想这次不会了，这次开的是地，而不是田。田是用来种粮食的，而地……"父亲没有说下去，只是把嘴巴上的烟筒取下，放在地上敲了敲，重新装上一袋烟默默地抽了起来。

那天傍晚父母说的话我很快就忘记了。一天父亲说要带我去看棉花地，我去时，那里已经是一片绿油油的棉花树了。过了一个月，父亲再次带我去棉花地时，还给我出了个谜语：“枫树对枫枝，画眉枝上嬉，生成绿绿蛋，变成白鹭鸶。”猜了半天我也没有猜出来，见我猜不出父亲就说，等你到了棉花地谜底就出来了。果真，棉籽树的叶子与枫叶长得极像，那绿绿的棉桃、雪白的棉花，突然之间我明白了……

那段时间，我隔几天就要背着一个竹篓去棉地捡拾棉花。一朵又一朵雪白雪白的棉花里藏着阳光的温暖和衣着光鲜的体面。

夜晚，从田里劳动回来的母亲就在油灯下先是剥棉籽，后是搓棉条，一条条的棉花条，如一只只美丽的蚕蛹，白白胖胖的。这些如雪样白，像云样美的棉花条激起了我对新衣新被的强烈欲望。母亲说了，都是给我做的。

炼钢铁时，村里所有的纺车和织布机都被当柴烧了。为了织布，父亲起早贪黑地做了架粗糙的纺车。有了纺车，母亲白天下地劳动，晚上在昏暗的煤油灯下不知疲倦地纺着棉花。她的右手不停地摇，左手不断地接续着棉条，陀螺形的线穗不知不觉间越变越大。她不停地摇着纺车，随着纺车转动发出的声音，显得美妙而动人。

纺好的纱要变成布，在没有织布机的情况下，母亲一筹莫展。经过多方悄悄打探，才知道一位远房亲戚家里有一台没有被烧毁的织布机。由于亲戚的家在一个只有三户人家的村子里，所以有些东西得以保存下来。某天母亲寻了个理由，挑着两个小箩筐，带着我走亲戚去了。

亲戚家柴房墙角边果真有一台布满了灰尘的织布机。这可是我第一次看到这个家伙，新奇得不怕脏，用手去摸它。我那叫表姨的亲戚忙端来一盆水，母亲接过手，上上下下把它擦了个遍。

织布的工序很繁杂，且是一个漫长艰辛的过程。随后的三天

三夜，母亲就在这台机器前度过。母亲的手其实不是很巧，且是新手，不能如《孔雀东南飞》里的女主人那样三日断五匹……

在表姨的耐心指点下，她才能织下去，但不断出现断头。织出的布疙疙瘩瘩的，连我这样的七岁小孩都能看出其中的坑坑洼洼来。但织着织着，那纵横交错的经纬之线就如同带着田园气息的山水与沟壑，被母亲一点点织进了纹路里。大冬天的母亲织得满头是汗。每一寸布都凝聚了母亲的汗水，表达着她对家庭和女儿的爱。

后来在中学课文中读到“唧唧复唧唧，木兰当户织”的诗句时，脑子里一下就想起母亲当年织布的情景来。

织好的布，卷起来带回家，因为是白色的，母亲又到墟上花一角二分买了一包靛青。雪白的布放入热热的锅里，再拌进那一包靛青，翻白浪的水一下子就变得乌云滚滚起来。空气里也弥漫着一种靛与棉布的味道。稍稍地煮了一会儿，连同布和水一起倒入一个大木盆里，浸上一会儿，待水冷后布被捞出，放在清水里洗净后，挂在竹竿上晒干。

染成深蓝色的布，古朴典雅中充满着温暖。那年过年，我穿了一身全新的衣裤去外婆家拜年时，让一些见过世面的人，误以为我穿的是呢子呢。因为那布厚厚的，有铜钱那么厚，上面有一层茸茸的毛，像极了高级的呢料子。

可是好景不长，开春后，那块地就被生产队没收了。

如今闲着无事时，偶尔会和母亲聊起这些，母亲只是幸福地笑笑，为了你们过得好些，哪怕只有一次的收获也是值得的。见母亲如此的淡然，我对母亲的辛苦与吃亏后波澜不惊的淡定肃然起敬。

母亲用棉花纺成的老粗布，在温暖我身体的同时，也让我贫瘠的童年充满了阳光与喜悦。

蚕豆与花

蚕豆与花在很多文学作品里都可以看到，但无论是什么大师写的，都没有现实中的好看。

谁见过一朵花上，有紫，有白，还一边一片黑呢？那种怪异的妖媚之态，像不像传说中的半面妆？在乡村的地头，我就曾被它魅惑过，当然同时被迷住的，还有蜜蜂、蝴蝶、蜻蜓……

蚕豆花爱热闹，所以把它们招来了。多美丽的仙子呀，它们就那样把那些花儿团团围住，如众星捧月一样，日子过得蜂飞蝶舞，如女皇一般，多美呀！

都说美景不长，花开易谢，几天后，蚕豆花就谢了。花一谢就不热闹了，可很快，它又开了。如此花开花谢三四回，弄得爱它的人都不知它到底要做什么。觉得它太不可捉摸了，就在大家对它开始冷淡，不再关心时，蚕豆花一反常态地变得本分老实起来。看得出，这回它是真的要改邪归正了，要做个本本分分的良家妇女，并一心一意地培养下一代了。

蚕豆花要给儿女们一个美好的前程。于是，日光下，月色里，蚕豆花就悄悄地结了荚，肥嘟嘟、嫩生生的小宝宝，长得可快呢，好像见风就长似的。

立夏过后，竹篱上挂满了豆荚，密密的，鼓鼓的。它们像个农村小姑娘似的害羞着呢，拼命地躲在叶片下。

摘下，剥开，蚕豆豆圆圆的，绿绿的。扔锅里轻炒几下，加几片五花肉，再撒点蒜，那滋味，鲜嫩、清香中带着沙，好吃得不得了。

过些时候，美女似的蚕豆就变成男子汉了，长出了黑胡子。荚里剥出来的浅白淡黄的豆瓣，炖肉、炒菜放些去，味道美极了。

要是不小心让它老成了“铁豆”，这也不用怕，把它们放进热锅里炒几下，再撒点盐，就是纯天然的零食。大人、小孩抓一把，脆生生的，丢一个到嘴里，咔嚓嚓地一阵乱响，过瘾极了。

好酒初尝人易醉

那年春节，在好友的再三邀请下，我到广东过年。在外打工的好友为了省钱，与一俊俏的女孩租住在一起。女孩一头秀发披在肩上，皮肤黑黑的，看上去很健康，在一家超市工作。她不回家的原因是春节上班有三倍的工钱。

当四处灯光亮起，八面焰火放出迷人色彩时，三个女人张罗了一桌菜。坐下后，女孩说等等，还少了样东西。好友说："靓妹，好像该有的都有了，还缺什么东西呀？你看，饮料，红葡萄……"女孩也不说话，扬起嘴角笑笑就出去了，不一会儿，拎来一瓶带着浓浓年味的酒。好友一看是一瓶白酒，就大叫起来："你会喝白酒？真看不出！女汉子，女孩点点头坐下。"

她拿着酒在灯下看了看："这是我家乡的侯镇内招，我父亲最爱喝这酒了，每到过年都要与我喝这酒的。过年，不能回家与父母团聚，挺想他们的，买一瓶尝尝，这样就像在家过年一样。"说着女孩边斟酒边给家里打电话……

女孩打开酒盖子，立时一股特别的香气弥漫了整个房间，这酒香光是闻，我们似乎就全醉了。女孩自个儿放在鼻子底下闻了闻，深深地吸了口气，闭着一双美丽的眼，微微仰起脸，陶醉的

样子，让人动容。随后她睁开亮亮的眼，站了起来，给我们都斟了一点，举起杯子：“来！为我们来自五湖四海，为我们的家乡的酒干杯。”然后深深地喝了一口，接着张开小嘴轻轻叫了一声：“太美了！”

好友只是意思了一下，被她喝酒的样子所感染，从不喝白酒的我也轻轻地抿了一口，立时感到喉咙火辣辣的，脸颊热烘烘的。好友看了高兴地说道：“你脸上岁月的胭脂已被酒演绎得光彩夺目了。”

我瞪着眼开始迷糊起来。奇怪，在一阵火辣过后，有一种醇香在唇齿之间流连不去，人也顿时变得心旷神怡起来。品这酒恰似品一篇优美的散文，微微的辣，薄薄的甘。这样简单的跌宕、起落，如邂逅，如对视，如岁月翻滚……

我低头，杯中玉露有如月色，灯影下流转着若有若无的浪漫和乡愁。侯镇初尝人易醉，从此便恋上了这种美酒，时不时地抿上一口，不知不觉中宣泄了心中隐藏的情绪，平复了所有尘世沧桑，那种感觉妙不可言。酒让我不得意的人生有了很好的寄托。

特别是在寂静无人的黄昏，总会记起那最初的心动。夜色下，一杯侯镇内招酒，温暖清香，任时光流淌过去，眉宇间的清愁渐渐散去。

爱酒的父亲常说，粗茶淡饭，少不了酒的滋润。如今我要说，侯镇内招酒在人生的浮沉中最能温暖心灵，最能让止水般的心明媚起来，让生活变得有滋有味！

死得很无耻的贾瑞

《红楼梦》里因“情”而死的人可不少，比如那个花样美男秦钟，那个鲍二家的，还有尤二姐……

我这里想说的是一个不怎么出名的贾瑞。贾瑞是谁，只要读过《红楼梦》的人，想必对这个在小说里的人物，一定会有很深的记忆的。因为他是在“毒设相思局”里死得很惨的小人物。

这个纨绔子弟的故事与小说里才子佳人的风花雪月的故事太不一样了，他的故事从头到尾都给人一种猥琐恶心的感觉，整个就是活该，是自作自受。少年时读后觉得这种人就该有这种下场。小说中，贾瑞这个人物的第一次出场，是被安排在一群顽童闹学堂时。他为什么会在那里出现呢？因为他的爷爷贾代儒那天有事，没去课堂上课，让他去代了一次课，做了一回代课老师。这时的贾瑞也就是十七八岁的年纪吧。

也许他以前充当过这个角色，故而那里的学生都深知他没什么能力，所以不怕他，他在课堂上也镇不住那些学生。上过课的人都知道，孩子们是最欺生的，对新来的老师，他们会在课堂上弄出许多怪事来。如果你太无能，或因情商不够，处理不了这种怪事，那么课堂马上就会乱成一锅粥。而贾瑞去代课时，课堂就

乱哄哄的，像一锅煮沸的粥。最终引得家长们不满，就连宝玉的车夫，这样一个下人都忍不住把贾瑞痛骂了一顿。可见贾瑞在众人眼里有多少分量了。

细说起来，贾瑞也是个苦命的人，从小父母双亡，被爷爷奶奶养大。他的爷爷贾代儒是一个读了一辈子书，也没有考取什么功名的人，只好在贾家做个私塾老师。这个爷爷对贾瑞的管教可以说是非常严格的，也许他还指望这个孙子能有出人头地的一天，以光宗耀祖……

因为家庭的原因，他没有母亲，也没有姐姐或妹妹。他的世界里除了奶奶，可能没有见过其他什么女性。

在《红楼梦》里，贾瑞再次出现时，不是在课堂，而是在宁国府贾敬的生日上。在这样一个热闹的场所，作为荣府大管家的王熙凤肯定会出场。果真她在去看望秦可卿后，往园子里抄近路去看戏的半路上，看到了贾瑞，且一眼就认出他来了。从这里我们知道，贾瑞与王熙凤他们之前见过面。贾瑞对她另有企图，应该不是这次的一见钟情。

园子里相遇时，王熙凤是很有礼节地对待贾瑞这个小子的，贾瑞就不同了，从他不安分的一双贼眼里，王熙凤就已经明确知道，他对她有所企图。结了婚又有了女儿的大管家奶奶王熙凤，这样一个聪明的女人，岂有看不出贾瑞的心思来的道理？

其实像贾瑞这样的人想王熙凤，这就是典型的癞蛤蟆想吃天鹅肉。那样一个心狠手辣的女人，那样一个有权、有地位、有美貌的少奶奶，也是你贾瑞这样的人能想的？

凤姐是谁呀，她是个极尽权术机变、残忍阴毒之能事，一贯恃权放肆，杀人不用刀、不见血的人，贾瑞你死定了。当下，王熙凤即在心里说：“这才是知人知面不知心呢，哪里有这样禽兽的人呢。他敢如此，几时叫他死在我的手里，他才知道我的手段！”王熙凤按现在来说，那就是女皇或女神级的人哪，怎么会让你这样一个猥琐的人来相思呢？所以她要杀他，要让那个不知天高地厚的人尝尝她的厉害。

王熙凤歹毒的心思，贾瑞当然不知道。他把王熙凤虚情假意的邀请当了真，一有空或有机会，就跑到荣国府去找她。结果是众里寻她千百度，那人却不在灯火阑珊处。若是他有那么一点点的自知之明，见不着也就算了，不会再去找了，哪里知晓，他还要厚脸皮地去告诉平儿等丫鬟们，说是要来向凤姐请安。贾瑞把暗恋变成了单相思，是多么的愚蠢和自不量力呀！在那样一个等级森严的封建社会，他会不知道大户人家都有着某种看不见但确确实实存在的严格界限？小叔子找嫂子，不要说是有权有钱的人家，就是平民百姓，也是不容许的事，他这样做不是找死又是做什呢？

从花园路上见面，到再一次见到王熙凤，已经是两个多月后的事了。在这两个多月的时间里，他多次去探望凤姐都没有见着，可内心里的那一份对凤姐的爱恋之情却像燎原之火那样越烧越热，热得他都坐不住了，要去当一只扑火的蛾子。

贾瑞再见到王熙凤，这个心目中的大美人，他的单恋情人，他不知轻重再一次暴露无遗。也许他觉得这是他内心里最美好的初恋，可是现实让他这个单纯的人做梦也想不到的是，王熙凤已为他设好了一个让他非死不可的相思局。这个不谙世事的贾瑞，在王熙凤虚情假意的殷勤与半推半就之中，是多么的喜出望外，高兴得差点连自己是谁都要忘记了。

北方的冬夜有多冷呀，那可是滴水成冰的日子。在那个冬至后的“西边穿堂儿”那里，年轻的贾瑞傻傻地在伸手不见五指的

地方等了一夜。想想都不寒而栗，若不是心中有所企图，又怎么能等得下去？

更可怕的是，回到家里还被严厉的爷爷责打了三四十板子，然后又令他跪在院子里不许吃饭，补上十天的功课。在这样的一种情况下，脑子稍微清楚的人，是会接受教训的，会将那不着边际的念头收回去的，可是色迷心智的他偏偏不知回头。

傻得可怜的贾瑞，也许根本没有想到是王熙凤在整他。过了几天，好了伤疤忘了疼，找了个空子他又去找凤姐。凤姐见他自投罗网，为这，再次设局。

她让贾瑞躲在房后小过道里的那间空屋里，那贾瑞只盼着天快黑，哪想到晚上，家里亲戚又来了，这不是急死人吗，这个亲戚早不来晚不来，要这时来。直等吃了晚饭，又等他祖父安歇了，方溜进荣府，直接来那屋子里等着。他如一只热锅上的蚂蚁一般，来回地干转着。左等不见人影，右听也没半点声响，心下道："别是又不来了，又冻我一夜不成？"正自胡猜，只见来了一个人，贾瑞便意定是凤姐，不管青红皂白，饿虎一般，等那人行至门前，便如猫捕鼠一般，抱住来人叫道："亲嫂子，等死我了。"

他以为来者是凤姐，哪知却是贾蓉，就在这时贾蔷也点着灯来了。兄弟两人是他的晚辈，也可以算是他的学生吧，这回丢人是丢到家了。贾瑞在两个侄儿面前求饶下跪，还被迫写下各欠五十两银子的欠条。最后，还被两个人安放在一个大台矶下面躲着，说是等他们来接他出去。

那两个人走后不多时，"一净桶尿粪从上面直泼下来，可巧浇了他一身一头"。等臭气熏天的贾瑞如丧家狗似的逃回家中时已是三更天。这时候的贾瑞已回过神来，明白自己是被凤姐算计了。可是色胆包天的他，只要一想到凤姐俊俏的模样儿，又恨不得把她搂在怀内，如此竟然一夜不曾合眼。

如此折腾的贾瑞还没死，最后却死在了那面风月宝鉴上。这风月宝鉴是跛足道人送来救他一命的。道人说："这物出自太虚幻境空灵殿上，警幻仙子所制，专治邪思妄动之症，有济世保生之功。所以带他到世上，单与那些聪明杰俊，风雅王孙等看照。千万不可照正面，只照他的背面，要紧，要紧！三日后吾来收取，管叫你好了。"

道人让他只看反面骷髅，可他偏偏要看正面笑盈盈向他招手的王凤姐……

虽说是凤姐设的局，但是若贾瑞是位君子，对凤姐没有非分之想，又怎么会白白断送性命呢？只怪他自己心不正，才有如此下场的。

婴宁的笑

早年读蒲松龄的《聊斋志异》，记忆最深的就是狐仙婴宁的笑。

婴宁在蒲松龄笔下是个狐仙，在我来看她不是狐，而是蒲松龄邻家至情至义、至慧至真的女孩，是个拥有最纯真笑容的最美的女子。她天真、善良、聪明，一点也不做作。

婴宁纯真自然、懂事聪明，虽然相隔那么遥远却总是那么惹人喜爱。她的笑容似乎一直在心里游动着，荡漾着，又像隔岸的花朵，开谢在红尘的过往中。

于是，这个平凡又不平凡的女子，在遥远的、不可触摸的时光中，在一堆泛黄的故纸堆里，为我们演绎着一场惊喜的邂逅，一份美丽的情感。年少不知愁，读到此，总是会心一笑，好像婴宁的笑就是从自己的嘴里发出的，是那样的真实，那样的动听，然后抬头看斑驳的阳光从那棵杏树的叶缝间细碎地散落下来，自己一头一脸都是暖暖的阳光。在心中静静地雕刻婴宁与王子服的美好姻缘，那是一段怎样跌宕的奇遇呀！

婴宁手拈梅花，巧笑倩兮、秋波盈盈的样子，一下子就让那个书生王子服着了迷。少女发现后扔下梅花，笑着走了，这可苦了子服了。拾花回家放在枕下的他，因思念这位美丽的少女，不吃不喝，身体瘦弱到难以支撑，得了严重的相思病了。当好友吴生知其原因后，撒谎说："这女子是你的姨妹，住在西南山中三十里处，等你病好了咱们一起去找。"子服听后很高兴，病很快就好了。

美丽的婴宁非红尘所携，是吸尽日月山川灵气的狐仙。人间的琐碎平凡注定要消磨或破坏这种美好的。婴宁经过公婆训斥后就再也笑不出来了，即便逗她，也不会笑了。

其实每个女子在尘世间奔波劳碌后，大多憔悴不堪。历尽世事沧桑后的人是不会有那样灿烂的笑容的。从这点上再次证实，蒲松龄先生不是在写狐，而是写活生生的人。

婴宁，纷繁尘世，唯有你穿越时空而来的遥远笑容，让我感动，这感动在冬日温暖的阳光下，芬芳着我的梦……

父亲的扁担

记得父亲有过一根木扁担，用什么木头就不知道了，因被汗水浸染，油光光的，几乎可以照见人。有一天父亲挑着两百多斤的重担走着，那扁担不堪重负“咔嚓”一声拦腰断了。后来，家里就再也没用过木扁担了。也不知是父亲对这根扁担有着深厚的感情，还是因为年纪大了，力气不如从前，就没有再去削木扁担了。尽管没有木扁担，但竹扁担却是少不了的。农村的生活很是沉重，一年四季都离不开扁担，却没能把父亲的腰压弯。

在乡村的道路上，经常能看到用扁担挑着担子的村民，扁担上挑着柴草、谷物、秧苗或小孩。乡下人走亲戚或赶墟就喜欢用两个小箩筐，一头是物，另一头是孩子。扁担吱呀的响声和着孩子咿咿呀呀的叫声，那是一曲最动听的乡村音乐。样子有点像民间传说中的牛郎用扁担挑着一双儿女，在农历七月初七与织女相会的场面。我就常坐在父亲扁担的一头，被父亲挑着走亲戚或去赶墟。

当然，在古代文学作品里也常有扁担出现，如三国里的刘备去卖草鞋时就是用扁担挑去的；《水浒传》里武大郎也是用扁担挑着炊饼去卖；还有“智取生辰纲”靠的也是一根扁担挑着卖药酒……

八岁那年，我就与同龄的伙伴一起上山打柴，父亲专门为我做了一根竹扁担。扁担极为美观，两端窄中间宽，挑出去，都比不上我的，柴架也做得大小合适。这根扁担跟着我上山打柴，下地挑猪草，平日里几乎离不开它。

扁担虽做得很好，但第一次去打柴用扁担时，挑得虽不重，肩头却被那根扁担压得生痛。挑上柴的扁担怎么也不能与我的肩膀合成拍，不是往前倾就是向后倒，有几次还想从我的肩头滑落，更别说能像年龄大的伙伴那样让扁担在肩头颤起来了。

回来时我就生气地说，扁担不好用，父亲听后对我说：“多挑几次扁担就会听你的话了。在挑担时，不要去管它有多重，也不要在意扁担有多沉，只要挺直腰，找到扁担的重心，起步落步时让扁担自然坠弯就行了。”果然，此后那扁担老实听话了，有时不用手扶也能走上好几步路。

我那泥里刨食的父亲，用一根扁担一头挑着一家人的生活，一头挑着我们的希望。

找一抔泥土种植乡愁

客居在灯红酒绿之城的我，最想做的事竟然是种菜。可要在这高楼林立的“钢筋混凝土森林”里种菜并不是一件容易的事，哪里有地？

为了找到一块能实现我小小愿望的地，空余时间，我常沿着河边来回地走，发现在这寸土寸金的地方，几乎所有的地都被种上了菜。好在后来，终于有一长方形的地，从去年冬天到现在七月末都没有种东西，草长得比我还要高，还欢快。也许这就是我苦苦追寻的那块福地吧！于是，我买了把锄头，大热天的，汗流浃背地干了一下午，草除了，地整好了，把从菜市场捡来的空心菜根和向对面那个阿姨讨来的几株红军菜一起小心种下。做好这些后，心里有种大大的满足，以后的日子，只要浇浇水，施施肥，就可以等着收获了。

谁知几天后菜不见了，地也被人重新翻整过，还用旧草席等物盖起来，原来这地有主。也罢，不如用花盆种菜，以慰乡愁吧！正好有一个原先住户用过的花盆，装上土，再把一个从超市买来的已长出芽的洋葱头放上。

没几天工夫那芽儿就长出一小段新绿来，我站在阳台上仔细端详这个从异乡土地上汲取养分的洋葱，多像憋屈地躲在狭小空间生存的我。心里立刻有种惺惺相惜的情感溢出，菜与我都是天涯沦落之人呐！这时，从遥远的夜空传来悠扬而又悦耳的音乐，拨动着我的心弦，那是一首歌唱故乡的曲子。悠远绵长的韵味，怎一个愁字说得清？

此后的日子，我与菜一起咀嚼着依旧残存故乡味道的阳光或分享着那轮无语的月亮。有时有微风从楼与楼间的缝隙吹来，还能看到洋葱羞涩的新叶轻轻晃动。我幻想着我种的就是那“思乐泮水，薄采其茆”诗里长在水中的莼菜，这种菜味道之美，美到可以让张季鹰辞官不做的地步。可我知道，我的阳台是种不出水中美人茆来的，但我可以种出一种乡愁来。

偶尔也会有一只漂亮的蝴蝶或快乐的小鸟来光顾我的阳台，它们大约也是来探访这稀奇绿意的吧。每每这时我会静静地躲在一旁，惬意地享受着这种貌似田园风光带来的美妙。

每当高高的楼顶上那方小小的天空爬满了星星时，喧哗的城市开始安静下来，进入了梦乡。梦里，仿佛我和我的菜都生长在故乡的泥土里，风起或雨落，我们一起惬意地摇晃着身体，像美丽的蝶儿在翩跹舞蹈……

某天，我突然发现洋葱的叶子尖尖开始黄了，病了？我静静地端详了一会儿，然后小心地给它浇水。日子一天天过去，洋葱总是水土不服的样子，耷拉着脑袋，蜷着身子躺在狭小的花盆里。我想，若是在故乡广袤的土地上，这菜不至于这样吧？我明白，这里原本就不是它生长的地方，只是我强行将它种在这里，它能长得好吗？无计可施的我只有同病相怜地看着它，心酸酸的……

心酸过后，我觉得我的心变成了一片肥沃的土地，那儿种着我的菜，我的乡愁。

米蜂糕

快过年时，满街都是花花绿绿的糕点，就想起了母亲做的，味甜、酥脆、令人回味无穷的米蜂糕。于是恨不得飞快地回到家里，打开铁皮桶，把米蜂糕吃个够……

小时候，物资匮乏，常常食不果腹。可每到腊月，家家户户都要准备一些糯米，洗净，放在大木盆中浸泡，泡到糯米微微发白，沥干，装木饭甑蒸。

待到糯米四处飘香时，我们的胃也开始不安分起来。眼巴巴地等着热气腾腾的饭甑被父亲一双有力的大手从锅里端起。最美妙的时刻到来了，我们可以大快朵颐地吃上一顿香软的糯米饭团了。想奢侈点就用粗瓷碗装着，放一些猪油、酱油，喜甜的，便加上红糖。这人间难得的美味，一年也就两回，所以感觉特好吃。

当我们敞开肚子吃糯米饭时，母亲已把热气腾腾的糯米饭铺到大大的篾盘上了，要放露天处冻上几夜。晒干后的饭粒变得玉石般晶莹剔透。如此，冻米的第一道工序做好了。

年前择个吉日，开始炒米蜂。母亲从角落里拿出一罐早已炒得发黑的细沙倒入铁锅中，用一木制的铲子翻炒着，炒到沙子发热，放一点蜡烛油，如果能滴一点菜油更好，舀一小杯冻米倒入滚烫的沙中，不断地翻炒。在哗哗的响声里，快速膨胀的冻米发出嗞嗞的快乐叫声。眨眼工夫，如变戏法般，冻米变成洁白的蜂蛹，像雪一样浮在沙子上面。冻米与沙子被舀起，用铁筛子将沙子筛到锅里，米蜂装进一木桶里，接着炒第二锅……

米蜂炒好后，我们早早地吃过晚饭，母亲把早熬好的地瓜糖端出来，倒进锅里，用文火先将糖融化。请来帮忙的师傅扎着黑围裙站在灶台前，开始胶粿子，这是真正的技术活，来不得半点马虎。否则，弄砸了得重来，就要多用糖。在那个什么都金贵的年代，一锅米蜂糕多用上两三斤糖，是天大的损失。万一失手了，主妇们会嗷嗷叫上几天。

胶粿子时，父亲、母亲站在两边，打下手，我往灶膛里添柴草。师傅将锅里的糖沥一点到装着清水的小碗里，用手捏捏，说可以了。父亲便将米蜂徐徐倒入，再加入点花生，撒点芝麻。当听到米蜂和稀糖拌匀的声音，就要快把火退了。我就手忙脚乱地将灶膛里的柴火统统扒出来，再用瓦片将里面的火种盖上，再铲上厚厚的炉灰。看着师傅把米蜂在锅里滚成一个球体，快速地放到早已备好的篾盘上，将其铺均匀，盖上一个更大的篾盘，铺上厚厚的棕衣或旧衣服，放地上，父亲、弟弟站上去转着圈儿用力跳，这叫跳粿子。

米蜂被踩平后，被小心地放到大木桌上，等待着一双双巧手去切割。父母和师傅用手去按按齐声说："好！不老！不嫩！"

这时，左邻右舍的女人们齐来，麻利地操起锋利的刀，嚓嚓嚓，先将厚厚圆面切成条，再将条切成各式薄片。

米蜂糕被小心地装进铁皮桶、瓷坛子，密封后，待客人来了再拿出来品尝。当然，一定要留下一堆让帮忙的乡亲尝个够。在一片吃米蜂糕的欢乐中，年的味道，丰盈而生动。

桐花里的乡愁

在故乡的山清水秀里，东一簇、西一簇静静无语地开着洁白的桐花。它们宁静、纯美。

初夏，五月的阳光让人舒展，故乡的路边、庭院前、山坡上，成片成片的桐花，灿烂地绽放着。那花极白，极矜持，花心有些许微红。花开时，有甜丝丝的袭人香气不停地溢出。远远近近的空气里都弥漫着这种沁人心脾的香。

真不明白这些平日里不起眼的桐树，一旦开花，则所向披靡，灿若云霞。这就像人平时看不到的一种情愫，在特定情况下会触景生情一样。因而，远离故土的人，内心必然蛰伏着一种情愫，那情愫就叫思乡。

桐花的美是一种纯粹的美，白如羊脂，并有如百合般幽幽的香气。夜晚桐花开的时候，空气里会有一种香气，有时会刻意地深呼吸，让带着湿润气息的花香进入我肺腑，清雅怡人。

桐花开得最繁茂的时候，我喜欢打开窗子，任由花香随潮湿的风吹进我的房间，立时整个屋子都溢满花的香味。

这香气能让我心淡如水，坐在一张有点年头的桌前读书，想象着自己就是某部名著里的女主角……

桐花开了十几天后，在缱绻的时光里，一阵风或一场雨，满树的花纷纷落下，铺满地面，如过往云烟。花期如潮，等不到地老天荒。红尘世界，岁月用时间将那些花儿装订在一张素笺上，打开便是一地的心碎。

某天，不经意间嗅到花香，这熟悉的味道——桐花的香，不禁想到：家乡的桐花也开了吗？于是，再看那漫山遍野的桐花，便有种到家的感觉。

桐花开，照见心底那深深的乡愁，那乡愁，像云，像烟，缭绕在四周，升起在心头……

远在天涯的游子，虽然人在他乡，但心会跨过万水千山，搜寻记忆里最美的景致。倾尽墨香，记下一季花开的心怀，如此，孤独的心便不再荒芜。

会被人记起的花，就叫作乡愁。

宁夏之美

虽是弱女子，却最爱边塞诗，每读之，总爱想象诗里的情景。

且看“朔气传金柝，寒光照铁衣”“秦时明月汉时关，万里长征人未还”“黄河远上白云间，一片孤城万仞山”“君不见走马川行雪海边，平沙莽莽黄入天”。读着读着就仿佛能从这些大气磅礴的诗里听到驼铃声声，羌笛悠悠，看到沙漠无边，戈壁浩瀚，以及神奇的山脉，雄伟的边关和披着铁甲的战士。

“天下黄河，唯富宁夏”，这个长得犹如心脏的地方，因其富庶丰美而有了个“塞上江南”的美誉。

古人说烟花三月下江南，其实，如果在这个时候能反其道而行之，到宁夏，那里的景色绝不比江南差。

宁夏，在湛蓝的天空、漫漫黄沙和巍巍大山构成的背景下，这是一个多么雄浑壮丽的古老地方呀。还有那些可爱的树，在春夏之季，要么鹅黄，要么青绿。若是细心还会发现一些嫩白或粉红色的花朵楚楚地在风中摇曳，像是在热烈欢迎着你的到来。

到宁夏还会邂逅碱滩，苍茫戈壁，太阳出来时好像走进了电影里的火焰山，闷得让人透不过气来。可就在这样的地方，也会偶然遇到一棵或无数棵被岁月的风沙吹歪了的沙枣树，它们冷峻中透出的硬气，能让人对它们肃然起敬。这些从远古而来的树，在如此艰苦卓绝的环境中生存下来，它们树干铁黑铁黑的，极显沧桑，有着铮铮铁汉的风骨。青灰色的树叶，在叶面上找不到半点妩媚与青葱，看上去干巴巴的。

若是一不小心碰上红柳，正巧它们又开着花儿，那才幸运呢！一簇簇，一丛丛，粉红色的花儿，如烟似雾，如霞似锦，那是一种动人的美哪！还有沙枣花，是天底下最美的花，细细的，小小的，竟然有沁人心脾的淡雅之香。更奇的是，它们似有似无的淡黄，像诗人笔下浅浅的长河落日，看去顿时让人觉得心里暖暖的。

在这里，旷野寂寥里的夕阳也特别美而多情。夕阳下一望无际的沙丘连绵起伏的线条是多么柔美。这些沙丘与蓝天白云相映，显得那么浩瀚壮观，像一幅熠熠生辉的巨大油画挂在那儿。

若有风从西边而来，呼呼而过，发出的声音，就像古战场上亡灵发出的呐喊。这悲怆的声音听了让人有点不知所措。古老宁夏，历史上究竟发生过怎样的故事和残酷的战争，谁也说不清……

在宁夏，目之所见，足之所至，每一眼，每一步，都能震撼心灵。宁夏之美，美在一种风骨，一种大气，一种沧桑，一种蓬勃。

金秋，遇见了唯美的卧龙湾

一

在金秋，瓜果飘香的大好时光里，我遇见了唯美的卧龙湾。

带着愉悦的心情，走进卧龙湾。走近它，我就好像是误入了流传千古的世外桃源。

站在村头放眼望去，周围山如天幕，郁郁葱葱，金黄的，碧绿的，田野似云似锦；清澈如镜的麻阳溪，像绸缎一样，缓缓无声地从田畴间穿流而去。

脚下一条蜿蜒曲折的乡间道路，保持着纯朴天真的长度，会带着你走向你想去的方向。那秋风夹着乡野特有的气息扑面而来，让人顿觉心旷神怡。

今天我沿着树巢馆那条宽宽的微微向上的道路走去，没走多远，就看到一座“葡萄主题公园”立在那儿。这座具有现代气息的公园，高大的石柱和旁边的石墙上都雕刻着与葡萄有关的图案和故事。

“葡萄主题公园”的周围是绵延数里的葡萄园，这里是体验农耕生活的绝好去处。

还没走近原生态的葡萄园，便闻到一股清淡的，由葡萄散发出的像酒一样醇厚的香气儿。这种带着甜蜜味道的气息，能给人一种返朴归真的愉悦。

虽已入秋，葡萄园里的风光依旧如诗如画，葡萄架藤蔓铺天盖地，气势旺盛得让人惊叹大自然的力量之博大。一张张宽大的葡萄叶子，在风中轻轻舞着，好像在欢迎我似的。一挂挂葡萄在叶片下就像犹抱琵琶半遮面的美人，含羞带娇地看着来客。

葡萄的主人会不失时机地递给你一个精美的竹篮子。弓着腰，微微地抬头，头上是密密匝匝的绿叶和一串串的葡萄。这些水果精灵，就那样晶莹剔透地在眼前晃着，令你的喉咙上下动着，恨不得让自己变成大嘴怪，把这整园的葡萄一口吞下带走。

伸手摘下你想要的葡萄时，静静的葡萄架下，能听见从头顶飞过的小鸟发出的欢快叫声。

最后，提着满满的一篮子葡萄，恋恋不舍，又心满意足地从葡萄架下灰头土脸地出来时，才发现初秋的阳光正明媚成一种唯美的意境。

满载而归后，开始沿着葡萄园行走。从远处河面上吹来带着水汽的风，拂起我的衣角和长长的头发。就这样沐着秋风，一路走，一路看，走过四季原野，看尽春华秋实的卧龙湾。

这个初秋，我要把最深情的目光，在这个叫作卧龙湾的地方种下，来年，收获一片新的希望。

二

在璞石也就是卧龙湾，青砖灰瓦的农舍中，有一幢特别醒目的房子，它就是理学家朱熹的老师刘勉之故居——“肖屯草堂”。

朱老夫子曾多次从武夷山往返于肖屯草堂。

现在，这座草堂却成了人们休闲度假的好地方。他们来这里烧烤，吃米粿，吃农家菜，体验一下乡村生活。

在卧龙湾走累了，可以坐在草堂前，迎着秋风听乡野之音，看这里的景色之美。

只要到了肖屯草堂，无论是站在大门前的阳台上，还是坐在草屋旁的石凳上，麻阳溪两岸的无限风景，都可以尽收眼底。

其实，肖屯草堂周围是树木、农作物和鸟的天堂。放眼望去，说不一定就能看到一群像你一样飞累了的白鹭，正栖息在河边的一棵柳树上，像树上开出的朵朵白花。多待在那里一会儿，就会看到三五成群的小鸟从眼前飞掠而过。

而在那条波涛不惊的河面上，不时有小船驶过。若是无人过河时，小船就静静地泊在河边，俨然一幅“野渡无人舟自横”的景象！

这里的水是清澈的，天是碧蓝的，草木是碧绿的，就连水鸟的叫声都清澈得像山涧流出来的泉水。一切都那么美好，美得让你都想着要不要到这里来归隐。

这时，草堂里阿姨一声亲切的“锅巴好了，来吃了”的招呼声，让你立马回到现实中。当你看到一块块油油的，金黄色的，像秋天田野金灿灿的景色一样的锅巴时，口水早已泛滥成灾了。包上自己喜欢的菜，咬上一口，又香，又脆，又酥。这是什么味道呀？这么熟悉，这么美妙，再一咬，原来这里的锅巴与家中老妈做出的味道是一样的哪！

锅巴吃完，又开始吃粿包。当把一个个圆滚滚，像深山里开采出来的美玉一样的粿包吃进嘴里，品着这绵软可口的米粿，你会觉得，这是尘世间最好的佳肴。因为做粿的米，选用的正是生长在这片地方的优质大米，所以特别的好吃！

当然，除了这里的粿好吃外，更喜欢这里的静，喜欢这里闲适淡然和自给自足的生活。

在这里，可以让烦躁，如秋风般飘远。人生不过是自然界里的一季繁华，过后，就是满地阑珊。天涯里的流年，也不过是一指沧桑，谁又分得清，哪里是你的天涯，我的海角？

而那些过往的年轮，又能在心底刻画出多少痕迹？只有在这个叫作卧龙湾的地方，才能让你的心情得到前所未有的舒畅。

三

都说一个地方能吸引游人的目光，就自有它的特别之处。这话说得很对，像建阳考亭的卧龙湾就是这样一个美得能让人酝酿出乡愁的地方。

这里除了有“树巢馆”“葡萄主题公园”“肖屯草堂”，还有一个值得一看的风景，那就是闻名遐迩的“树抱佛”。

“树抱佛”距“肖屯草堂”三百米。在“树抱佛”的路段，路的上边是一座古色古香的猴王庙，路的下方有一棵高大茂盛的大樟树，这棵樟树就是“树抱佛”。

这是一棵三十余米高的千年古樟，树的躯干上不仅裸露出隆起的两个乳房似的树疙瘩，且在离地面一米高的树身上有个巴掌大的洞，洞内藏着一尊高 60 厘米左右的泥塑佛像。看到这神奇的树时，总能让人想起古印度世尊成道时的菩提树和涅槃时的娑罗双树。心里不禁会问道：“难道这树正是那树的化身？”

这树是什么树的化身不要紧，重要的是这大樟树很受当地百姓的崇拜，当地人称樟树里的佛为“将军爷”。又有村民说，此塑像是“保生大帝”。故而，在这一带有一风俗，凡是怀了孕的女子，为了

能顺产顺生，都要带着一颗虔诚的心，到“树抱佛”下祈求平安。

据传，璞石村也就是现在的卧龙湾，曾有孕妇难产，家人拿着香烛、纸钱到老樟树前祈求“保生大帝”保佑。而后，从附近的猴王庙里求得药方，孕妇服后平安生产。从此，“树抱佛”里的“保生大帝”被村民们奉若神明。

也有人说，朱熹去世后，人们为了纪念朱子，特在古樟树裂缝中塑了一尊神像，以表追思之情。当然，不管这佛像是什么来头，反正他的神奇，已让无数人敬仰。

“树抱佛”的右边有一条小路通向古码头，要去对面的村庄就要从这里上船。

河边有沙地，芦苇，小船。水在这里显得无比充盈。初秋的阳光，明媚温润，放轻脚步，还可以听到秋虫的呢喃。若在这里席水而栖，头顶云淡天高，蓝蓝的天空之上，一朵朵云彩，如一朵朵盛开的白莲，该是多美，心情定会如芦絮般轻舞飞扬。

在岸边草丛里还可看见皮色碧青、披着一层白霜的冬瓜。再往前，一架的南瓜，卧卧挂挂的都是累累金黄。空气中，充溢着温润的水汽和瓜果的清香……

看远山含笑，观近水欢歌。就在这儿，在这个能让人返璞归真的地方，弹一曲高山流水吧！将你所有的思绪融于眼前的清浅时光，走过风景，走过年华。

总之，在卧龙湾行走的过程，就是一段令人心旷神怡、心情舒畅的旅程。

归　途

带着回家的行李和心中点点的失意，出门时，看到雪花从头上飘下来，赶紧打起雨伞。据说这个城市是很少下雪的，不知为何今年却下起了雪来。裹紧身上的棉衣，匆匆到车站和旅客一起，排队检票。最后几乎是被人拥挤着上了开往家乡的火车，因为每个回家的人心情都是急切的。

把简单的行李放好，就慵懒地靠在座位上，心不在焉地玩游戏，任火车带着我快速地向目标前进。

有时会停下游戏，看看窗外。看到的是强大的风卷着冰冷的雪，直扑那层厚厚的玻璃，好像还听见“呼呼”响的声音。好在车内，所有的冷都被挡住了。坐在车里真好，要是过日子也能有一层厚厚的玻璃窗为我遮风挡雨该多好！可是父亲曾说过，所有的日子都要靠自己去闯。是呀，一个农民家的孩子，不可能为我铺上一条金光大道，这点我心里最明白。

其实，这次我本不想回家，因为在外辛辛苦苦打了一年工，除了吃饭、租房外，几乎是两手空空，狠心的包工头跑了，我们几个一分钱都没要到。

农村穷，村子里好多人在外打工，他们混得好的，过年时一个个都衣锦还乡。开小车，坐飞机，大包小包地往家里提贵重东西，何等的风光呀。而我一无所有，觉得太没面子了。

父母在电话里说不管有钱没钱，都要回家过年。是呀！他们又不希望我能大富大贵。我若不回去，他们会天天站在村口的寒风中等我。为这，就是走路也要往家赶，把自己疲惫的身子送到父母面前，这就是最好的礼物。

窗外，灰暗的天空下是连绵不断的山脉，在眼前模糊地起伏着，像我有点悲哀的心事。有次，偶然间抬头，居然看到天空中有一群大雁向南飞去。心一酸，大雁呀，为了那个珍贵的团聚，我也和你们一样急急地前行在归途中……

这时，火车穿过一条长得让人喘不过气的隧道，刚出洞口，看到迎面有一列长长的火车，呼呼呼，像一只怪物，从身边而过。从擦肩而过的火车上，我清楚地看到一车都是满满的人，他们一定也是回家同亲人团聚去了。

回过头看自己的车厢，怎么这么静？大家都睡着了？仔细一看，他们都在忙自己的事。对面那一位老人，双手插在兜里，戴着耳机在听歌。与他同座的一个男孩，正埋头玩电脑。他沉迷在虚幻的网络里，玩得忘乎所以。而坐在我身边的一位胖女人真的在睡觉，那么大的人了还流口水，看了让我觉得好笑。过道旁的四个人正在悄悄地打牌……

没有同伴或者说没有人说话的旅途是无聊的，我只有一再地看窗外。窗外除了寒冷的空气，就是山和水。不过，有时也会看到一些在山脚下的村庄。偶尔还能看到一两个人，在远远的路上走着……

再后来，烟雨蒙蒙，天与地好像连在一起了，朦胧中，我开始沉沉睡去。迷迷糊糊中听见列车员大叫：“青洲快到了，要下车的人准备好了。”我想，离家不远了，内心莫名地涌起一阵激动。哈！这就是古诗里写的近乡情更切吧！

又过了一个多钟头，看见了一片熟悉的土地，随着汽笛声，我知道建阳站到了！于是，我急忙收拾行李。

下得车来，一轮红日正暖暖地照在我的身上，一个阳光明媚的日子，看来家乡没有下雪。从出站口出来，看到妹妹带着几个孩子像迎接总统一样地迎接着我的到来，心里又是一暖。突然惊喜地发现，原来心底的那份柔软还在，还没有在外面的沧桑漂泊中丢失。

总算听到纯纯的乡音，看到浓浓的乡情了。这乡音、乡情一下子就冲淡了我日积月累的孤独感。在孩子们的簇拥下，走出车站，发现到处都张灯结彩，人们的脸上洋溢着节日的喜悦。回家的感觉真好！

在妹妹家吃过午饭，休息了一下，就坐上回乡的公交。一路上，看到公路两边大树上的一些叶子，借助风的力量，一片片地向大地飞去。这就是落叶归根吧，人也一样，跑得再远，心里总想着要回故乡来，回到父母的身边。

车子在弯弯曲曲的山道上行进着，有时爬到山顶，有时又走进山谷，像极了我人生曲曲折折的路。车子在转过九曲十八弯后，远远地总算看到从熟悉的烟囱里冒出来的缕缕炊烟。炊烟的背景下是归家的倦鸟，想不到这久违的炊烟是这样的温馨恬静，那样地让我着迷。我感谢故乡的炊烟，用最古老的方式欢迎着这个游子的归来。

这一刻，我泪流满面，喃喃而语：故乡，我海角天涯的故乡，我回来了……

一份感动

在外打工，每次回家都是坐火车。漫长的旅途，简直可以用“八千里路云和月”来形容！

平时为了生存实在太忙，没有时间去回想过往，坐在车上就不同了，人一下子就觉得清闲起来。我是个闲暇时就爱胡思乱想的人，此刻，人生的所有劳累奔波和艰辛，都如同窗外扑面而来的景色，一幕幕在脑海里呈现，想着以往的点点滴滴，有说不出的滋味。想着想着，不觉身心都感到疲惫，真想下车休息下。好在同车有位小女孩，她是放假跟着表哥出来玩的，说是爸爸妈妈在福建打工。

小家伙来自山区，在车上大家看她是个小孩，又长得可爱，就纷纷拿一些零食给她，小女孩自是高兴。她告诉我们说，她正上三年级，在家跟着奶奶。当我问到小女孩学习成绩好不好时，小女孩明亮的眸子一下子就暗淡下去了，看样子是不大好吧。她噘着嘴说：“都是妈妈不好，害我每天要走四五里的路去上学。”

“为什么会这样呢?”我问。

“我本来是想跟爸爸妈妈到他们那里去上学的，可是妈妈说那里的学校要花更多的钱，不让我去。”

“所以你就不用心学习啦?”

小女孩摇了摇头。

“那是为什么呢?”我接着问小女孩，小女孩说不知道。过了一会儿，我好像明白了，爸爸妈妈没在身边的孩子，跟着一个老太太在家里本来心里就憋着气，成绩能好吗？要不是为了生活，做父母的又为什么要千里迢迢去打工呢?

就在我为小女孩感到叹息时，小女孩突然“哎哟”一声叫了起来，坐在她身边的那个大小伙听到女孩痛苦的叫喊声，有点手足无措。我站起来一看，孩子的额头都是汗，也不知是吃坏了什么东西。这时广播通知说前面不远处就是南昌火车站了。有个乘客说在那里，还可以休息十几分钟，到时再看看吧！

果然，很快就到了南昌火车站。一下车，那表哥就抱着小孩子，我陪着小伙子一起朝火车站里走，遇到一个上了年纪的保洁阿姨，我就问：“阿姨这里有没有医生?”

“医生？这里没有医生！怎么，出什么事了?”

我赶忙回答：“这个小孩说肚子痛，也不知道怎么了。”

“哦！你到便民服务台去看看，那里有藿香正气水、藿香正气胶囊等简单的药品。”看到保洁阿姨如此热情，我的心里一热。也顾不得说谢谢，我就拉着小伙子往便民服务台跑。到了那里，一个年轻漂亮的女服务员说南昌火车站是备有这些常用药品的，并从便民服务台拿出了一盒藿香正气胶囊对我们说，藿香正气水味道难闻，估计孩子喝不下去，就吃藿香正气胶囊吧。说完，还主动拿来一次性纸杯，帮我们接了一杯热水。我要掏钱付药费，谁知那个女服务员说不要钱的，这是我们火车站的免费服务项目。

和着矿泉水，我们让小女孩吃下了胶囊。吃完药后，小女孩眨巴着眼睛看着我们，我们也看着她。虽然是陌路相逢，可也是一种缘分啊，我们都在为这个可爱的小女孩担心呢。

没多久，小女孩放了一个屁，她自己也不好意思笑了。我们问她怎么样了，她连说，肚子不疼了，好了，没事了……

南昌火车站细致、热情的服务温暖了我们这一群赶路的乘客，在那里，我感到了一阵轻松和愉悦，这里真是一个温馨的地方。

那次在南昌火车站的短暂休息，我还发现，无论是扫地的阿姨，还是保安，面对乘客都十分热情，他们用无比真诚的服务，接待着南来北往的客人，他们看到远路而来的旅客，像是看到老朋友一样，报以温馨的问候和亲切的微笑。他们的微笑，让我们这些在外的游子像回到家里看到亲人似的，一下子就把我们旅途的疲倦与苦闷一扫而去。

什么叫宾至如归？这就是宾至如归啊！看过万千风景，走过无数地方，南昌火车站为我留下的不仅仅是一份感动，还有一份美好的回忆与深深的留恋！

柿　子

秋日，阳光暖暖的，凉凉的风吹红了一树的柿子。

那些被风吹红的柿子，像一盏盏小小的灯笼，悬挂在枝条上，照亮了山村。记得有一年跟着一群村民到很远的山上，站在山头，目之所及都是柿子树，那种壮观真的是无法用语言来描述。那可真叫漫山遍野哪！能看得到的全部都是硕果累累的柿子树。那些高大的柿子树叶子已经落光，红透了的柿子，挂满了树枝，像画师画下的一幅巨大的油画，煞是好看。站在这样的山林里，再黯淡的心也会随之亮堂起来。据说那儿上千亩的山都种上了这种水果，而那一年柿子不好卖，所以想吃的人都自己开着拖拉机去摘。

柿子树我是熟悉的，在乡村这种树到处都有。每到夏季，柿子树就会开出橘黄色的小花。那些缀满枝头的花朵儿，老远就能闻到它们的香味了。不时地有成群结队的蜜蜂来访，它们流连其中，忙着采蜜。偶尔也有漂亮的蝴蝶飞来，萦绕其间。这时的柿子树是热闹而温馨的。

顽皮的山风要来，它们从柿子树上倏忽而过，树上好看的花便会忍受不住诱惑，簌簌地掉下一些来，落得一地都是。女孩子们见了就会把小小的柿子花拾起来，摘去花蒂，用一根细细的线穿起来，做成项链挂在脖子上……

花落不久，仔细一看，就可以看见米粒般大小的柿子了，它们一个个绿绿的，像森林里的精灵。等长到纽扣般大，手巧的女孩又会把小柿子串起来，做成翡翠项链或耳坠，戴在身上在村子的石板路上招摇而过！

当然，柿子最主要是种来吃的，那时山里的人都比较穷，也许是因为穷吃不到别的水果吧，对于柿子，山里人想出了很多办法来吃它：将熟透了的柿子采下，码在一起，让它慢慢地变红变软，这是自然熟的柿子；把柿子用刀削去皮压扁，日晒夜露，干了之后，藏在瓮里，等到皮上生了白霜才取出来吃的叫“柿饼”；把采来的柿子放在热水里烫一下后，过几天再吃它；把柿子去皮，切成四瓣，晒干叫“柿子脯”。柿子无论是等熟了还是晒干了吃，都非常好吃。

自然熟的柿子滑腻而甜蜜，水分很充足；柿饼或柿子脯吃进嘴里韧性十足，有嚼头，且放置的时间更长。但柿子性凉，不可多吃。

如今，躲在城市一隅的我，很是怀念眼睛一睁开就能看到柿子树的日子。红红的柿子能把季节的满目疮痍润染成无限暖意，也能给无尽苍凉的深秋增添一份甜蜜的喜悦。

艮泉井

建瓯的艮泉井是因了朱熹才有的。而这口井，也在后世的典籍中卓然生辉。

那天下午，我循着朱熹当年的足迹，去拜谒仰慕之中的古井。路两边生长着一些自由自在的树木，它们和街上的行人都沐浴在初冬的阳光里。

这里是建瓯的繁华之地，商铺林立，热闹非凡，街头熙来攘往的车辆和行人的踢踏声，在门口招揽生意的商贩的吆喝声，仿佛还远远地传来朱熹的授课声和学子们的读书声。抬头看到墙头上刚刚绽放的菊花，正把俗世凝成一丛金黄色的灿烂。

这里南宋时有座建安书院，孝宗淳熙二年（1175 年），朱熹曾在建安书院讲学。朱熹在建安书院讲学时，见紫霞洲形胜优美，就凿了口井，取名“艮泉”。相传井底有一块大石板刻的八卦，会托起失足的落井者。老百姓就把它称为“八卦井”“朱子井”。井水清澈甘甜，供周围百姓饮用。朱熹曾作《艮泉铭》以咏之：“凤之阳，鹤之麓，有屼而状。堂之坳，圃之腹，斯濩而沃。束于亭，润于谷，取用而足。清于官，美于俗，为建民之福。”

《艮泉铭》中“屼”音悟，山秃的样子。“瀵”音奋，是地底喷出的泉水。建民指建安的百姓。朱熹在《艮泉铭》中告诫人们要为官清廉，美化风俗，造福于民。现在，在艮泉井上面已盖了古色古香的保护亭……

我是在孔庙里看到有关“艮泉井”的介绍才找到这里来的。当我从街头那棵大樟树下一拐，满怀希望来到古井时，看到的只有一堵红墙围住一个冒出尖尖头顶的亭子。朱红的大门被一把大锁锁得紧紧的。这井紧挨着建瓯民政局，看到院落里的几个老人坐在那里边聊天边糊灯笼，就走进去问：“这井锁着，谁有钥匙？”那个瘦瘦的看门人说：“我一个看门人不知道这些！别说我不知道，我们的局长都不知道。好像是在博物馆的人那里。”

那人做着手里的活，看了看我，又说，上午有两车人来，也到这里找钥匙。末了，加上一句，你没跟他们一起去看？

我摇了摇头，再问：“经常有人来看吗？”

那人回答说：“没有！”

我告别他们，失望地往外走。再次来到围墙外，探着头从那墙上的缝隙看去。

那口圆圆的井，被一个井盖盖着。井的周围落满了叶子以及一些垃圾，还有一根从树上掉下的枯枝，斜斜地插在井边。还有新丢下的烟头，可能是上午有身份的人来看时留下的纪念物吧！

我凝心附耳，想捕捉古井底下涌动的水之脉搏。可那厚厚的井盖下却静得出奇。

那一口饱经沧桑的古井，别说想用这井里的水做饭、洗衣、泡茶，就是想看它一眼都成了奢侈。那天去博物馆，也被告之，一般人去不了，想要去除非有身份的人他们才会接待……听这话时，不知为何突然想到那个华人与狗不得入内的那块牌子来。

一个让人凭吊的井，居然不肯让平民百姓看。介绍里竟然还写到“供人们观光和追思先贤遗德”。

我向那被围得严严实实的井投去最后的一瞥，转身。再看一看那棵寂寞地立在一旁的荒凉老树，它们好像在风中诉说着往日的繁盛和当今的荒芜。

仿佛这一条路正贯穿在千年的寂静中，如那些落叶般，被风吹碎……兴冲冲而来，返回的路，只有柏油路上凌乱不堪的脚步，和心里头的不满。

照　　相

相片是一种通过镜头定格的记忆，但是从前的乡下人，想要照一张相片可不是一件容易的事。那时只有城里才能照相，更主要的是贵。

那一年，村里几个正值花季的女孩想照一张相，顺便到城里去吃上一碗“山东粉”。村里有人吃过，说真是好吃，为这事大伙商量好几个月了。最后，我向同学借一件绿军装和一顶帽子周末带大家出发。等周末回家的那个星期天早上，我们到马路边上等一天唯一的一趟车。坐车到了建阳，唯一的照相馆在水南，也就是现在的义乌市场那儿，正好汽车站也在那儿。我来过建阳，就带着她们直奔照相馆。照相馆里冷冷清清的，我们去时没有看到别的顾客。在那里每个人都照了一张穿着绿军装，戴着军帽的一寸相片。

照完相，先是在水南百货商场里玩，然后沿着黄花山那条大路走去。水南逛完就走到城里，找到那家传说中的国有食堂，大约在现在的邮政储蓄那儿。老远就看见店门大开，沿街排着两口大锅。一口锅里煮着一大锅的地瓜粉丝，热气腾腾的，里面还漂着一些白菜和大蒜。那被我们村里人叫作“山东粉”的粉其实就是地瓜粉丝。

食堂里包子、面条、扁肉、光饼、饭都有，还会为客人炒菜。为什么我们要吃被煮得粗而发白的地瓜粉丝，不吃别的好吃的东西呢？因为其他东西，一是贵，二是要粮票，好像扁肉不要。那时的农民都没有钱，也没有粮票。家里连地瓜粉丝也没有，那是资本主义的尾巴，不让种的。生产队种一些地瓜当粮食吃都不够，哪里能拿去做粉。来建阳花一角钱吃它，这已是很奢侈的了。一般来说村民到城里来办什么事，不是饿肚子就是从家里带一两个地瓜或别的什么来充饥。我和父亲来卖杏就没有吃饭回的家。

用扁肉碗装的浅浅一碗粉丝，呼呼两下就下肚了，味道是好得不能再好，可吃过一碗就再也吃不起第二碗了。最后大家总结说那是老虎吃蚊子，肚子里还空荡荡的。

那天，为了一张相片，每人花掉车费八角，相片五角，吃了一角，到村里要劳动两天半才能挣来这些钱。当时一个妇女一天是六个工分，年终分红时最高一天能得到六角钱。

所以，女孩子能到城里照一张相，都是父母比较大方，比较舍得的人家。照完相又吃了粉丝，心里不知有多高兴和满足……

回家过年

6点半，窗户外，天灰蒙蒙的一片，什么东西都看不清。打开门，第一眼看到的是瓦顶上一层厚厚的霜，一股冷气直吹过来，身子不由自主地打了一个寒战。到厨房想拧开水龙头，却不成，因为冻住了，还好水桶里有水，不过也结了一层冰。

烧好热水，把两个小宝贝从暖暖的被窝里叫了起来。昨天夜里就说好了，不能错过这趟车，错过了，就不知还有没有车回家过年了。所以我一叫，他们一骨碌就起来了，全然没有了平时赖床的样子。随后，我们简单地吃了一些快食面，增加一点热量。

村子冷冷清清的，看不到几个人，两个小家伙冷得缩成一团，站在学校门口的路边。我说："你们快跳跳吧，跳了就会热，在这个寒冷的世界上，只有自己才能给自己取暖。"我的上半句他们是听懂了，下半句大约要到以后才能明白吧！于是，孩子们在原地跳起来。

不一会儿车子来了，车上空空的，没有一个乘客，猛然间记起今儿是大过年的，村子里只有出门挣钱的人才回来。除了我和孩子们，谁会在这时出门呢？

想想，光阴过得真快，一年的时间，似乎像风般轻盈，像云一样飘逸，在心头轻轻徘徊辗转一下就过去了，似乎一点痕迹也没有给我留下。

天冷极了，手脚冰冷冰冷的，孩子们不时地叫着："冷，真冷！"车子经过了第一个村子，村子边上有几个人在烤火，一切都静悄悄的，好像还躲在寒冷中没有醒来。路边的梯田一层一层的，结着亮晶晶的冰，像是童话世界里的魔镜，闪着冷冷的光芒。小时候，碰上这样结冰的日子，总喜欢站在并不厚的冰上，像北方的孩子那样滑一回冰，可是往往还没滑两步，脚就陷入污泥里，真是哭笑不得……

几只水鸭子站在田埂上，动也不动，倒是一些麻雀不怕冷，在公路上飞过来飞过去，也不知它们在忙些什么，还有一些叫不出名字的鸟儿，在公路边高大的乌桕树上，吃着它们美味的早餐，这景象若是在傍晚，倒有点"日暮伯劳飞，风吹乌桕树"的诗意。

行了大约二十几里路，车窗外出现了一个用茅草搭起来的三角形草棚，草棚前有一位从头到脚都裹得严严实实的老人，伸出一双黑乎乎的手在烤火，他的身边有一口黑乎乎的铁锅，冒着热腾腾的白气儿。许多木头整齐地堆在马路两旁，一看就知道，这是个临时被雇来看木头的老人，看来今天只有在这儿过年了。农民老了，太苦了！冰天雪地的，若是有工资的老头，这么一大把年纪了，大过年的，谁还来这荒郊野外受这份苦呀！

车子悄悄地从老人面前过去，老人头也没抬一下。随后，沿途走过好多村子，竟然没有一个人上车，想不到，原来十分拥挤的车子，因为过年俺也有了包车的神气，真是高兴。

无端地，白日做梦起来，脑子里突然跳出海梦儿写的文章来，她因为乘飞机成为 2009 年武夷机场的幸运儿。会不会待会儿，俺们到了那小站也能成为今天的幸运顾客，得到一份小小的礼物呢？

终于到小镇里了，依旧是静悄悄的，一切依旧，我买了车票，又上来两个人，司机说："今年奇怪了，这么冷清，去年这时候，多少人等着坐车呢。"

风吹过来，呜呜咽咽的，天越来越暗，看来多年未下雪的南方是要落雪了。记忆中南方的雪，缠缠绵绵的，像是庭院深处里的记忆。南方的雪，能把昨天的记忆掩埋，不留一丝一毫的痕迹。抹去，抹去，这是我对走过一年的愿望吗？

乡村鸡鸣

此起彼伏的鸡鸣以及人的叫声交织成一片欢乐的乐曲，如诗如画的村庄在鸡鸣声中变得忙碌起来，袅袅晨烟慢慢升起，村庄的道路上响起爽朗的笑声，人间烟火就这样在清晨弥漫开来……

那时的农村是真正的农耕社会，家家户户都养鸡，母鸡用来下蛋，换取油、盐、酱、醋，送礼或招待客人；公鸡用来打鸣，起着钟的作用。那年头，村里没几户人家有钟，更不用说手表了。当然公鸡还有一个重要的使命那就是与母鸡接种，本地人叫“捡蛋”。

在乡村，鸡还是乡亲们的气象台。鸡一般是不恋黄昏的，天黑前会鱼贯而入主人为它们准备的鸡舍。若是天黑了还不进去，要主人去赶，那就是在告诉人们，明天要下雨了。

养鸡最有趣的要算孵小鸡了，在闽北三月、四月、五月，是鸡苗出孵的季节。当母鸡开始“孵”的时候，就把准备好的蛋，一个个拿出来，放在油灯下照，看看里面有没有一个顶子，有顶子的就说明公蛋有捡过的蛋，也就是可以孵的蛋。然后特地做一个大大的窝把二十几个蛋放在母鸡的身下，让其孵。二十几天后，小鸡会“笃嘴”，也就是把蛋破开一个小小的洞洞。刚出蛋

壳的小鸡仔毛茸茸，软乎乎的，它们常挤成团，或躲在母鸡的羽翼下，好像很怕这个世界似的。它们一有机会就“叽叽”地乱叫。

一两天后，小鸡就会跌跌撞撞地东奔西跑。在母鸡的带领下开始寻找小昆虫、小蚂蚁以及主人特意撒在地上浸过水的米碎碎。

日子一天天过去，小鸡的羽毛和翅膀就日渐丰满起来。特别是小公鸡，当它的鸡冠红起来后，就开始在房前屋后“喔喔喔”地大叫，开始与老态龙钟的前辈争抢情人。更可恨的是，母鸡们也一个个在小公鸡的面前“咯咯咯”地鸣叫，或张开翅膀飞舞着好像很高兴的样子。小公鸡一追求，很快就委身于它。惹得老公鸡怒从心中起，先是圆睁双目，倒竖羽毛，昂起头，不共戴天似的横冲过来，小公鸡也不甘示弱，这样两只公鸡就大打出手，直打得尘土飞扬，而那些得过宠的母鸡们则躲在远远的墙脚下坐山观虎斗。

最诗意的是乡村的鸡鸣了，那伴随黎明的曙光而来的此起彼伏的鸡鸣像天籁，总是准时在寂寥沉静的清晨，如号角似的唤醒乡村。

随着许多年轻人外出务工，小孩到乡镇或城里求学，除了几个老人驻守在古老的宅子里守候着时光外，村子变得孤寂落寞，很难再寻到“阡陌交通，鸡犬相闻”的情景了。如今的乡村，鸡舍已难寻踪影，许多人已不养鸡了，就是养也很少有人会去养公鸡。到了本该鸡鸣的时刻，偶尔听到一两声鸡鸣，会让乡村显得更加清冷、孤寂。

在乡村回荡了几千年的鸡鸣成了一支渐行渐远的歌。

今晚我在库尔勒

有一些地方，就像故乡一样，它在你的心里永远住着，想赶也赶不走。纵使你离开它很久很久了，那个地方依旧鲜活地停留在记忆中。

这个地方就是库尔勒，它是一个安静神奇、梦一样的地方。可以说库尔勒就是人们苦苦寻找的世外桃源。

那是一段流浪的岁月，不知置身何处，心无所向，失魂落魄。在一个无眠的夜晚，我想把自己埋在风沙里。把岁月的无情，生命的坚强统统丢在那片胡杨林里。

不知过了多久，远处似乎有达达的马蹄声向着这片胡杨林而来，接着听见人的脚步声。有一张绝美的脸从月光背面的胡杨树下探出来，然后一声轻得不能再轻的哨声，就见一个健硕的男子也从另外一棵树下出现了。两人走在一起后，开始弹起了冬不拉，分散出来的音符，如花粉酿制的灵药，仿佛一下子就治愈了我的孤独与疼痛，随着乐曲，女的开始在月夜下舞蹈，犹如月夜下一片江南的荷叶，在水的润泽下，正一点点地舒展开来。莫非这就是传说中的楼兰新娘？我的心开始紧张起来。

这一晚，从那男的动人心弦的琴声里，从女人优美的舞姿

中，我看别人的故事，看见了一种安宁平和的岁月。当琴和舞都离去时，天地间好像安静了，静得只有我丝丝的气息在夜色间飘荡。

那个时候我遗憾自己不是画家，不能用丹青绘出它的绝美，也不是摄影家，不能用镜头将瞬间的美妙留住。我只能在心里，将它保存下来。

黑暗里，我一直坐在一沙丘上，望着静静立在那儿的胡杨树模糊的身影，等待着黎明的光亮。远处，一幢又一幢的房子，远远看去像童话里的房子。它们几千年来一直都在这里守着。这无声的守望，是对过去的怀念，对于未来的坚持吗？我问风，风不语。

真想像海子那样大叫一声："姐姐，今夜我在德令哈，夜色笼罩。姐姐，我今夜只有戈壁，草原尽头我两手空空……"如今想起来，那是我一生中最美好的时刻。

忽然在一个夜里，走在一条幽静的路上，怡人的瓜果气息中，回望身后城市的灯火阑珊，而前面又有那么一点稀薄的光亮在远处指引，就好像回到多年前的那个库尔勒平和安宁的夜晚，心也随之回归到恬淡之中去了。

这个城市，与那个千里之外的库尔勒，灯火之中，沐浴在一片平安、和谐的光晕里。

卢沟桥，丰碑一样

最早知道卢沟桥，是从小学语文课本的那篇《卢沟桥的狮子》开始的。从教参上得知卢沟桥距天安门 15 公里，是燕地通往华北平原的重要古渡口。而这里的“卢沟晓月”是著名的“燕京八景”之一。

这样一个美丽的地方，却是中国人民抗日战争全面爆发的地方。1937 年，侵华日军发动“七七事变”（又称“卢沟桥事变”），中国抗日军队在卢沟桥打响了全面抗战的第一枪。1937 年 7 月 7 日夜，卢沟桥的日军在未通知中国地方当局的情况下，竟然在中国驻军阵地附近举行所谓的军事演习，并谎称有一名日军士兵失踪，要求进入北平西南的宛平县城（今卢沟桥镇）搜查，中国守军拒绝了这一无理要求，谁知日军竟然开始攻击中国驻军。中国驻军第 29 军 37 师 219 团奋起还击，进行了顽强的抵抗，用热血和生命谱写了一段让后人可歌可泣的历史……这就是著名的“卢沟桥事变”。而“卢沟桥事变”标志着中华民族全面抗日战争的开始。

“七月七日的深夜，天空是那样黯淡：没有星光，也没有月光，就在卢沟桥那个地方，日兵向我们廿九军开枪挑衅。”这是一个叫作江上青的诗人怀着一种悲愤的心情写下的诗句。

从有关卢沟桥的资料上看到，当时永定河上的平汉线铁路桥，是战斗最为激烈的地方。原第29军219团3营的营长金振中，抱着“宁为战死鬼，不当亡国奴”的信念，率部誓与城桥共存亡，英勇的第29军奋起还击，顽强抵抗，打响了抗日战争的第一枪……他们的事迹惊天地、泣鬼神。后来金振中的骨灰，被安放在卢沟桥第六个桥洞下。民众还自发捐款在河床上为他立了一块墓碑，并以此纪念卢沟桥事变中壮烈殉国的第29军将士。民心可鉴，无论时光怎样流逝，人们是不会忘记那些在民族危难之时挺身而出的勇士的。写到这里，仿佛历史的天空上，出现了一位年仅19岁的突击队员在枪林弹雨中和他的同伴们举着大刀连砍13个日本兵，最后壮烈牺牲……正是这些无畏的战士用生命和鲜血捍卫了祖国母亲的安然。

后来中国人民经过流血牺牲、艰苦抗战，终于在1945年8月15日以日本宣布无条件投降赢得了民族解放战争的伟大胜利。

这座有着中华民族血色记忆和血性抗争历史的卢沟桥上有501只精美绝伦、憨态可掬的狮子，代表着友善、文明、和平，在长达14年的枪林弹雨中忍辱负重……14年哪，一寸山河一寸血。我们为这场正义的战争付出了3500万人牺牲的惨痛代价。见证了卢沟桥烽火的那一群可爱的狮子，终于迎来中国人民胜利的欢笑。

硝烟散去，残留弹痕的卢沟桥正昂起坚强的头颅，如英勇顽强的中国军人一样，以一种浩然正气鄙视侵略。而卢沟桥旁那座血染的纪念碑上那些密密麻麻的民族英烈的名字，无论是风中还是雨里，总能给人一种悲壮之美！

卢沟桥像一座丰碑，将永远矗立在一向爱好和平的中国人民的心中。

石　榴

石榴最先吸引我的不是果实而是花。

小时候随母亲走亲戚，在一户人家的庭院前看到一棵不是很高的树，上面缀了火样红的小花，那些花儿，依着夏的浓绿，美成一抹尘埃里的火红。那花开得蓬勃而张扬，瞬间我就为这种热烈、奔放的花倾倒了。但我却不认得它，母亲告诉我说那是石榴花，长出的果实就是你们念的童谣“石榴多籽，三碗李子”里的石榴。这下我明白了，原来石榴我是认得的，因为每年中元节母亲都会从墟上买一个回来放在供桌上祭祖……

古人称石榴“千房同膜，千子如一”。原产于西域，汉代时传入中国的石榴，其色彩鲜艳，籽多饱满，具有多子多福、子孙满堂、繁荣吉祥、红红火火等含义。这些正暗合了中国古老文化的审美意象和审美情趣，所以常被用作庆贺或祭祀的水果。

虽然石榴不像桃子、李子之类的果实，成为人们平时常吃的水果，但它富贵、火红、艳丽，倍受人们喜爱。于是人们画石榴，把石榴绣在枕套门帘上，雕于房梁、大门或窗户上，还把石榴作为婚嫁时的礼物相互馈赠。另外，祭祖时祭品里也一定要有一个石榴。无论是婚嫁的礼物或是祭祖的祭品，其目的都是用以祈求家中福气多多，子孙多多，日子能像石榴花那样红红火火。也有人将其作为盆栽用以观赏，点缀生活。

历代名家吟咏石榴的诗词也多。唐朝王维《田家》亦赞其“浓绿万枝红一点，动人春色不须多”。还有李商隐的“榴枝婀娜榴实繁，榴膜轻明榴子鲜”，全面而传神地勾画出了其非同寻常的妖娆和妩媚。大诗人苏轼的《阮郎归》中就有“五月榴花照眼明，枝间时见子初成”的美妙句子。

石榴的妙处在于它有食用和药用价值。石榴性温，味甘或酸，具有生津止渴、涩肠止泻、杀虫止痢的功效。石榴里的一种物质还可防止细胞癌变、动脉粥样硬化。石榴叶子制成的石榴茶，能润燥解渴，用以洗眼，还可明目、消除眼疾。

石榴还被赋予另一种含意，就是指妇人的裙裾儿。白居易就有“眉欺杨柳叶，裙妒石榴花”一说。谁都知道古人用“石榴裙”来指年轻貌美的女子，故而“石榴裙”这三个带有某种暧昧意味的字眼，不知跌宕过多少男人潮起潮落的思绪。

在五月演绎出季节缤纷灿烂的石榴花，像不变的祝福，给人们带来的是一种唯美而热闹的境界。

麦　粿

家乡盛产水稻，但在南浦溪沿岸有一些沙地，当地人叫“塬”。这样的土地不宜种水稻，只能种西瓜、甘蔗、花生、油菜。粮食紧张的年月，也用来种麦子。

四月，塬里金黄色的麦浪，在阳光下像绸缎般柔软地翻卷成风景时，农民磨好镰刀，开始收割麦子。

在乡村好像收割麦子，更能让农民感到喜悦。因为在劳动得饥肠辘辘时，可用沾满汗水和泥土的手，捧起一捧捧生麦，放在胸前，用嘴小心吹去上面的麦壳和麦芒，然后卷起手掌将麦子徐徐倒入大张的嘴中。一阵大嚼特嚼后，是嘴角留下的白浆粉和汗津津的脸上挂着的心满意足。那种生麦甜而粉的味道，对他们来说，就是人间最美的佳肴。

收割来的麦子，晒干后，放在自家石磨里磨成粉，做麦子粿吃。这时，有麦的人家就会把亲戚朋友请来吃麦粿。一时间多了许多客人，村子变得异常热闹和喜悦起来。

这种带有麦麸，看上去黑黑的面粉，主妇用水调和后，放入酵母任其发酵。发酵好后，连同苏打一起揉进的还有年冬熬好的红糖。

最后做成圆的或长方形的粿团，放在大铁锅里蒸。当特有的麦香溢出来后，在村子里老远就能闻到，这香能让在屋檐下玩耍的孩子们拼命地咽口水。

出锅后，一个个敦实黝黑的麦子粿，像憨厚的庄稼汉，咧嘴笑着。吃时，趁热，有点迫不及待地抓起一个，咬去。这带有泥土颜色的粿，绵软藏着敦厚，让人感觉很有嚼劲，这是最真实的生活之味。嚼着，嚼着，会有一股温暖从心底慢慢升起。此时，多少尘世沧桑与坎坷，都在岁月中远去，留下的只有嘴巴里细细碎碎的甜美与充实……

喜欢吃咸的，就将麦子粉调稀，发酵或不发酵都行，放适当的盐，拌入葱花、萝卜丝等。放油将锅烧热，放入油，舀上一勺，沿着锅底几寸的地方画一圈，再拿起锅铲麻利地将倒在底部的浆抹成一张圆形的粿饼。

热锅里，眼看着边沿微微翘起，用刀将其铲起，翻过一面继续烤，直到饼两面都成油油的金黄色。还有一种做法就是面浆里不放菜，摊成饼后再包上炒好的菜。这圆圆的，铜钱般厚的，大张的麦粿，样子有点像北方的烙饼。

掌灯时分，当肚子吃得鼓鼓的村民，一个个从自家大门踱着步子出来分享吃麦粿的喜悦时，那一张张写着满足与幸福的脸，就是一幅幅最美的人间烟火之画。是呀！在贫瘠的乡村，还有什么比麦粿更好的食物呢？

这就是我要说的麦粿，带着麦子原始滋味的粿，能让农民心里乐开花的粿。

可是在不愁吃穿的今天，想吃面粉随处都可以买到。曾经在乡亲们嘴里念念不忘的麦子粿，再也见不到了，因为在我们这儿已经没有人种麦子了……

记忆中的家园

来到了溪源，一眼望去，一段缓缓的斜坡上面，有一座古老的水车。在这斜坡上分了两条路，一条是通往古村落的石板路，另一条是通向村子的平坦的水泥路。

两条路到村头一株巨大的古樟树前又并成一条路。这棵庇佑着村庄的大树，和闽北许多地方的樟树一样，是村子的风水树。

村后是层峦叠嶂的山，山上有青青的翠竹和成片的青松林。村前有一脉清流，流向麻阳溪，溪源这名字大约就是源于这条小溪的意思。这个小小的溪源村，到处都呈现出一派生机勃勃的景象，真是个休闲的好地方。

溪源，美丽的乡村，地处建阳南五公里左右的地方。因其特殊的地理位置和绿色的生态环境，被当地人称为后花园。溪源村的水土和植被都保护得很好，倡导的是一种低碳生活。只要你一走进村子，就有一股浓郁的乡村气息扑面而来。

初秋，村前错落别致的梯田，正演绎着一派金灿灿的丰腴，那里有待割的稻谷和沉甸甸的大豆。最有趣的是村庄房屋旁的几株酸枣树，不时地有圆溜溜的金黄果实落下来，落得一地都是。在一户人家的院子角落里有一棵柿子树，红彤彤的果子像是节庆

时特地挂上的大吉大利的灯笼，它们把整个村庄都照得亮亮的。在这样的村子里行走，不时能听到憨实的欢声笑语……

一条诉说着岁月沧桑的古村道，会把你带到农家记忆园里去。那斑驳的外墙和大门就给人一种久违的亲切之感。一脚跨进农家记忆园的大门，穿过天井，来到用大块的方砖砌成的大厅，看到许多家里熟悉的物件，就有种游子归家的感觉。这些只有农家才有的东西，如锄头、柴刀、打谷机、锯片、棕衣等，洋溢着生活的气息，让人感到暖暖的。随着社会的进步，这些农具会越来越少。触景生情，有种淡淡的乡愁涌上心头，心里不禁要问：属于我们的那些美好记忆去了哪里？我就是一直生活在这样的世界里，卧云拥月，枕风而眠。站在那儿，感觉是那样美轮美奂，家的记忆在心里弥漫。而我绽开的笑靥，早已醉在山村淳朴的民风里。

厨房里有两口大锅，此时炉膛里点着的柴火，火苗正旺，屋顶的烟囱冒出袅袅的炊烟，看到这一切，让人突然想起陶渊明《归园田居》中的“暧暧远人村，依依墟里烟”的诗句来。

主人正在忙着做米粿，不一会儿，粿的香味弥漫在房子的每个角落。那浓浓的粿香之味，让人垂涎三尺，远离故乡的游子只要一想起这种味道，就会撩拨出似箭的归心来。

这里，阳光明媚，山花浪漫，荷田里的秋荷开得热烈。这里清风吹拂，欢声笑语，空气中有一股菊花的清香在悠扬。一路上，笑声中，我们享尽阑珊秋意，嗅尽花芳稻香，感觉好极了。

溪源，像一首经典老歌，在心海轻轻地划过，激起朵朵浪花。

乡村的柚子

突然想到柚子树，一棵孤零零的柚子树站在屋子后面，像贴在世界边缘的一幅古朴国画，静默中仿佛是在留白里筹议着一种绝美的落款似的，一切都那么清晰、简洁。

在云烟深处的蒹葭苍苍的背景下，高大的柚树，给人一种玉树临风的美感！它枝干壮壮的，像一位守卫田园的武士。春天一到柚子树上就开满了小小的白色花朵，这花虽不起眼，但是很香，枝叶间的那些花儿谢后，留下豆子大的绿绿的小柚子。随着时间一天天过去，那些小精灵在悄无声息中长成了巨无霸！倾尽所有的，是我少年眼中的柚子树。

村子是个老村，碎石路，房子错落在路两旁。靠山的人家，有后花园。依山而建的花园一层一层的，底下种菜，上面栽些花与草药，顶上往往有一两株柚子树站着。靠田一侧的人家，都有塘，塘里有鱼，塘边挤出菖蒲之类的大叶，风里摇着，衬着路。

记得凤子婶的后花园最上一层的边上就有一棵柚子树。一到秋天，柚子树就把红尘的浮华与沧桑高高挂上，那一个个硕大的柚子，远远地就能看见，是村子里最让人向往的风景。这一树累累的柚子为平凡冷漠的山村世界，增添了一些暖色。凤子婶无论娘家还是夫家都算是有钱人家，但奇怪的是她一直都是贫下中农。

她家大厅是大块的方砖砌成的，小孩子都爱到她家去跳“房子”。柚子快成熟的时候我们去得更勤。那时物资匮乏，柚子是极少能吃到的，去她家里玩总能嗅到从那棵柚子树上飘出来的一缕缕的芳香。

凤子婶手很巧，会制作柚子茶。就是把一个大大的柚子拿来，从小的那头切下一个盖来，用手将里面的果肉掏出，然后塞满茶叶，再用线将刚才切下来的那个盖子缝合起来，挂在通风处风干。据说这茶有健胃、润肺、防中风的药效。

她还会把厚厚的柚皮外层用刀削去，剩下里面白白的那层，切成棱形，晾干。晾干的柚皮加红糖放锅里用文火煮熟后捞起，放到竹筛子上晒。蜜饯做好后，有一年她送给我家里小半碗。吃到嘴里非常绵软，甜腻，能降气止咳，清火通便……

柚子的味道有点酸，有点甜，还有一点清凉的感觉，在《本草纲目》中有记载，“饮食，去肠胃中恶气，解酒毒，治饮酒人口气，不思食口淡，化痰止咳”。

有时，在中秋节那天能吃到“神秘”的柚子。祭过月亮后，母亲就会说把柚子“杀”来吃。我们这里剥柚子不叫剥，叫杀，听着让我觉得有点血腥，其实一点也不暴力。只是用刀将厚厚的皮划开，再用手剥，露出的是一瓣瓣像梳子样的果肉，围成团。再用手掰开瓣瓣果肉，撕去那层白白的膜，展现眼前的是珍珠样晶莹的一粒粒果肉了。吃到嘴里又甜又酸，以至于多年后，在往事搁浅的年华里，还会独自回忆起那种独特的味道，和那些美好的岁月来……

做个体面的农村人

我是一个农村人，之前一直觉得自己身份低微，走在社会上没什么脸面。更主要的是，对自己辛勤劳动所换来的微薄回报心存不满。认为自己付出了许多，得到的仅仅只是一种最基本的温饱。比起有钱有势之人的豪宅、名车、山珍海味来，那差距真的是太大了。

这种与别人攀比的心理，说穿了，是生活和环境带给我的最真实的不如意、不顺心。有了这种怨天尤人的情绪后，内心深处就有了一种对生活的懈怠。为此，我对什么都不上心，不积极，不进取，我不想与任何有身份、有地位的人做朋友。我只想得过且过，像寒号鸟那样。

后来，随着年龄增长，经历的事情多了，明白了一些事理。每个人都盼望着能活得精彩，活得“高大上”，谁都希望这样，但是如果你做不到精彩，无法“高大上”，那就做个平庸的人吧！其实，平庸有平庸的好处，至少活得踏实，睡得安稳。

做人就要像牛一样，吃进去的是草，吐出来的是香醇浓郁的奶。这是我经过岁月积淀对生活的一种真正的理解。这种理解，让我的思想，我的人生观都有了很大改变。

于是，回过头来，看看周围的农村人，他们一个个都无怨无悔地默默下田劳动，高高兴兴地享受着一种最平凡、最原始的生活。从来都没有觉得社会亏待过他们，相反他们认为生活赐予他们的太多太多了。比如，春天的播种和夏日的汗水之后，就是秋天沉甸甸的金色收获……

人生在世，总要吃饭、穿衣，总要付出劳动，天上是不会掉馅饼的。我只是个平凡的人，或者说平庸的人，没什么本事，我能做的也就是出卖自己的劳力。我不可能像富二代或官二代那样可以过着衣来伸手，饭来张口的富庶日子。我的父母就是土里刨食的人，我要报答他们的养育之恩，我不能让他们为我操心。我也要向他们那样，勤勤恳恳地做事，踏踏实实地做人，无论境况如何，都要做个负责任、有担当的人。我还发誓要做到干一行，爱一行，精一行。这样做，不仅仅是为父母，更是为自己。

再说在现在的社会里，只要努力做事，就可以吃得饱饱的，这就够了。尽管目前的生活还是有许多不尽人意，比如到现在我还买不起房子，因为房价太高了，可没有房子又怎样呢？租房住不是也住得好好的，人生一世，难有百岁之长，何不把自己的每一天都过得高高兴兴的呢？

现在我虽穷，但我不偷不抢，不坑蒙拐骗。我活得实在，活得充实，活得堂堂正正。

我是“作协”的

小时候母亲在繁重的劳动之余还得为全家人做鞋，用旧衣服或破布，一块块剪下，用米汤糊成厚厚的袼褙，叠成鞋底，用自己做的苎麻绳，在艰辛岁月里一针一线地纳着。母亲做布鞋的样子，如生花妙笔，在我生命里铭刻下永远的感动与美丽。那份温暖的记忆太深了……

如今年岁大了的母亲早已不做鞋了，而我却对做鞋情有独钟起来。先前是用旧毛线钩，钩起来的鞋硬邦邦的，好虽好，穿着不够柔软。后来学会用毛针打，双面的里面还可放进一些旧棉衣片，这种鞋柔软、舒适，唯一不足的是，穿着穿着，就自己长大了，总有种卖火柴的小女孩穿她妈妈拖鞋一样的感觉。前年才开始用穿旧了的衣服做鞋，这鞋做起来美观大方，穿起来更是暖和得不得了。

做鞋也会成为习惯，一到秋末冬初，就跃跃欲试。这个秋天，妹妹估摸着我又要做鞋了，就先打预防针：千万别做了，就是真的做了，也别拿到我家里来，放不下了。

尽管妹妹这么说，但我还是忍不住要去做。工作之余，笨得连麻将也打不来，舞又不想去学的人，不做鞋能做什么呢？在这个世上，对于一个一无长处的人来说，做鞋不但能有一份成就感，而且只要看到父母穿着我做的鞋，行走在人生的夕阳里，就会有种莫名其妙的幸福与感动，心里得意着：这都是我的功劳……生活的荒凉与孤寂，悲伤与痛苦都消失无踪。

文章写得好的人，能进作协。我辛辛苦苦写了几年，没一个像样的作品，连进县作协都不够格。只好用闲下来的时间，躲在家里做做鞋，暗暗地美其名曰“作协”。

每做成一双鞋，就是一对胜利的果实。摆在那儿，左看右看，就像大师在欣赏自己的绝世之作一样满足、幸福。

长错了季节的蘑菇

苦珠熟了，准备去捡拾一些来，苦珠粿清凉解毒，还是治便秘的特效药。

周末的下午阳光灿烂，到山上一看，今年的苦珠不多。捡了几个，正要直起腰来，不经意间在落叶下发现了几朵蘑菇不动声色地在那躲着。真的是蘑菇吗？我有点不相信自己的眼睛。照常蘑菇只在夏末秋初大热的天里生长，此时，我是穿着厚厚的棉袄来的。

山上所有的草都枯黄了，树叶也落光了，剩下黑褐色的枝干立在寒冷的风中。难道炎热季节的宠儿也像那些爱美之人，寒冬里依旧姹紫嫣红，浑身一派春天靓丽的风景。任轻薄的裙裾在寒风里瑟瑟飘摇，把软弱的身子押在“美丽冻人”的典当铺里。

慢慢地蹲下身子，仔细地看，然后伸出手，轻轻拨开枯败的叶，露出真面目来了。哈！还真是蘑菇！小心翼翼地采摘时，我曾喃喃而语：“蘑菇，你长错季节了。”

蘑菇在手，心头刹那间的恍惚，原来却是真实的存在。可怜这些按捺不住的春心，乱了季的蘑菇，本该鲜艳夺目的红，却因为冷的缘故，色彩变成了淡紫色，仿若金庸小说中坏坏的阿紫。

聪明的蘑菇，躲在萧条的冬天里孕育生机，然后不合时宜地随便找一个借口走出来。蘑菇，是想告诉世间俗人：忘却季节冷暖、人情薄凉，就能为自己带来惊喜与震撼。只是，在严酷的季节里，你弱小的撑着小伞儿的身子是战胜不了冬的阴霾与寒冷的。你的到来也无法让冷酷无情的冬天变得热烈起来。

闽北山村的初冬，有的是苦珠、柿子、榛子，人们热衷于从山野里找这些食物，来填补心灵和物质的空白。除了我，没有人会在意一些不合时宜的蘑菇。

如此，你会感到失落吗？

也许，失落正是你心灵的一抹清淡追求。你的目的也许就是冲着永远也见不着面的苦珠、榛子、柿子们而来，想与它们见见面，聊聊天。或者仅仅是一种随心所欲、创新求变的心情，为了让简练沉静的冬季变得更加多姿多彩，繁华丰盈。

此时，阳光静静地照在我的身上和周围的土地上，暖融融的。

森林里，那些穿越了千年的风声，在高大的树梢头来来回回地吹着。风声里，有一种莫名的感动在心中慢慢升腾，难以言说。

在这个平常冬日里，我突然醒悟：人生在世，若能如眼前这几朵小蘑菇那样，用偶尔的标新立异打破那种墨守成规的死气沉沉，总能让人耳目一新的。

小蘑菇，你带来了些许感动，让我在初冬的暖阳里不再被芜杂的思绪、世事纷争搅乱心境，不再伫立在萧瑟的寒风中怨天尤人或多愁善感……

大山深处的苦珠

北闽山村随处可见的苦珠树，没有婀娜多姿的柔媚，也没有雄伟壮丽的挺拔，长得很丑，很土。苦珠树成不了栋梁，当不得风景，就连做柴火，也是不温不火，旺不起来，很少有人用它来烧火煮饭。

一无是处的苦珠树，结的果实也微苦，让生活在蜜罐子里的人对它嗤之以鼻，不屑一顾。一到苦珠丰收年，老人们还常埋怨：一年多苦珠，三年要受苦。据说若是今年苦珠长得多，三年的农作物和树头果就要大减产。

好在坚强的苦珠树在被污蔑、轻视、看不起时，没有气馁，也没有伤悲，只把心底的苦藏在果实里。苍天下的山野里，老态龙钟的苦珠树依然盘根错节，枝繁叶茂，向着阳光而笑，迎风霜而歌，用一种波澜不惊的冷眼观看世事的沧海桑田，人间的悲欢苦难。一生中没有一场流光溢彩的盛放，连辉煌的一瞬间也没有。它依旧淡然、宁静，与世无争地立在那儿，纯朴得让人视而不见。也许，在累累硕果里，是心里的苦不堪言。那些藏在心里的苦，就像在尘世生存的人一样，总有一些无法回望的伤痛，贮存在某个角落……

山野上，村头边的苦珠树下却是山村孩子童年的圣地，他们的成长、欢笑、苦难似乎都和它有着某种关联。

苦珠树坚信，桃李无言，下自成蹊的道理。每年的秋末冬初是苦珠成熟的季节。借着风势，那些躲在厚厚包衣里的苦珠就会争先恐后地从树上落下，散落在质朴的泥土里。饥饿年代，苦珠是充饥的食物，能给人活下去的信心和力量，在丰衣足食的日子里，苦珠是人们调节生活的佳品……

童年物资匮乏，没有零食，苦珠熟了，母亲会把苦珠和黄豆一起放到烧得热热的铁锅里炒，一阵哗啦哗啦的响声过后，就听得接连不断的噗噗响声，那是熟了的苦珠咧开它的嘴在说话儿呢。一时间，苦珠略带清苦的味道杂糅着黄豆醇厚的香就飘得满屋子都是。苦珠苦，吃一粒苦珠，再吃一粒豆子就可减轻点苦味。如今回想这些，总能让人感觉心绪还搁浅在旧时光里。好像空气里，也弥漫着旧时阳光的味道，对那些生活里的苦竟然有些许的感动……

最难忘的是帮母亲烧火时，坐在灶台前，用火煨苦珠，任灶火把自己的小脸蛋、小手儿烤得通红，烤得暖融融的。苦珠被一个个丢进发红的炉灰里，听到声音，就赶紧从灰堆里将苦珠扒拉出来，剥了塞进嘴里，一咬，热气与清香满口喷出。莫名的孤寂、凄楚、饥饿，都被这充满了人间烟火的温暖填得满满的。一时间，心里充满着对苦珠的敬畏和感激。

大山深处，那些为生活弯着腰、驼着背、在枯叶和厚厚败草下捡拾苦珠的人，简直就是在抚摸岁月里的一道道伤痕。拾来的苦珠，几道说简单也不简单，说复杂也不复杂的工序，做成苦珠粿，晒成苦珠干。苦珠粿是一种很好的食品，虽然它苦中带涩，但柔软得像豆腐，像多情的水，那入口就化的温柔敦厚一下子就能吊住人的胃口。

现在，煨苦珠和炒苦珠已没有人吃了，但在推崇绿色食品的今天，对天然的苦珠粿或苦珠干，人们开始趋之若鹜。苦珠粿降火清热，是治疗便秘的良药。为此，苦珠粿的价格也像芝麻开花一样节节升高……

几千年来遭遇挫折和不幸的苦珠，终于扬眉吐气，迎来了人们慧眼识“珠”的春天。

让梦想开花

自从当上教师后，就在乡村与那些可爱的孩子在一起，与他们一同快乐，一同成长。我决心向那些优秀的教师学习，我发誓要善待我的学生，我要把自己所有的知识和做人的道理毫不保留地全教给他们，做个真正的传道、授业、解惑的师者。

我要告诉我的学生，这些年来我们的祖国取得了一个又一个的成就，越来越繁荣昌盛。我让学生以能人志士为榜样，努力学习文化，有了文化知识才能去创造祖国的辉煌和人生的辉煌。

我会告诉学生，爱国要有实际行动。祖国要实现复兴之梦，就必须有一代代高素质的人才。当国人走向世界时，总会被人看不起，说我们没有素质。这样的羞愧，更让我觉得要从小培养学生的文化素质，只有如此才能赢得世界的尊重！堂堂中国，要让八方来贺！

我要让学生健康成长，快乐学习，做一个合格的新社会的公民，担起民族复兴的重任。

党的十八大以来，听到最多的一个词就是“中国梦”，我对孩子们说得最多的也是“中国梦”这三个字。我说每一个民族都有一个属于自己祖国的梦。中国人，就要有中国梦。而中国梦就是实现中华民族的伟大复兴，有梦才有希望。

孩子们也用童稚的声音朗诵道：“我的梦，便是中国的梦；中国梦，便是我的梦！为了实现中国梦，我们要努力努力再努力！我们的梦就是春天斑斓的色彩。我们的梦就是秋日沉甸甸的枝头果实。”

梦想开出的花朵会让美好的明天芬芳。我们的人生会因梦想的五彩斑斓而更加迷人。

爱情这良药

三年前春暖花开的时候，余地被检查出患了绝症。想到家里，老婆正等着他去签离婚协议，那一刻，有种天塌地陷的感觉。

医生送他到门口说："准备到这儿来住院吧！越快越好。虽说是绝症，要相信科学，很多人能挺过去的。"说着，医生紧紧地握了一下他的手，似乎要把所有的力气都传到他身上。

余地苦笑了一下，什么话也没说。他想回到家，马上让那女的走，先前还坚持要女儿跟他，现在不行了，让她跟着妈妈去吧！

离了婚后，余地就住进了医院，没几天，女人知道了，带着女儿，哭哭啼啼地来了，口口声声要复婚，余地死活不干，说："找个爱你和女儿的男人吧！你只要把女儿培养成人就好了。孩子还小，过段时间她就记不得我这个父亲了……"

女人一个劲地摇头，说什么也不离开他，并一往情深地表白："老公，以前都是我不懂事，从今以后，只要你有一丝力气，我都要与你并肩战斗。"女人成天买来好吃的给他吃，讲好听的故事给他听，还不时地把女儿带来陪他。

手术那天，女人拉着他的手说：“今天是女儿的生日，你一定要送给我们母女一份最好的礼物。”他点了点头，眼睛有点潮湿。

出院后，女人辞了工作，拿出所有积蓄，带着幼小的女儿，一家人去旅游，天南地北一圈下来，余地的身体一天天地见好了，到医院一查，连医生都呆了，怎么一点癌细胞都不见了，吃了什么灵丹妙药了？

医生的话，让余地夫妇都有点不敢相信自己的耳朵，以为这是在做梦……

当确信医生说的是真话时，惊醒过来的他们异口同声地说：“是吃了爱情这良药……”

杨　梅

那时，每教到《我爱故乡的杨梅》这课时，总埋怨编书者不懂时节，是个闭门造车的主儿。当我读着课文，满口生津，唾液四溢时，却找不到杨梅来解馋。因为在我们这儿早熟的杨梅也要到小满后才能采上那么几个。

好像是为了驳斥我的无知似的，近年来，到人间四月天的时候，家乡山上的杨梅还只是一枚枚又酸又涩的果子，外地红得发黑的杨梅就蜂拥而入了，满大街地摆开阵势，吸引着人们的目光，引诱着一个个嘴馋的人。

起初不明白这种违背了生活规律的杨梅是靠什么早熟的，后来才知那些貌似熟透了的杨梅都是喷了催熟剂拔苗助长而来的。这样的杨梅，难怪放到嘴里味同嚼蜡，吃不出一丝杨梅的味道来。哪比得上家乡山野里土生土长的杨梅，永远保持着心底那份最美的味道，最真的美好。

杨梅成熟的季节，家乡的天空总有如丝的细雨，像思春少女的万千思绪，而成片的杨梅树，总能给人一种如梦如幻的痴迷。

再看看那些碧色欲流、潇洒灵韵的杨梅树，沉甸甸的果实，那可真是“红实缀青枝，烂漫照前坞”。树上的杨梅青绿、淡红、深紫，五彩纷呈，一个个像揣着甜美梦想的乡间孩儿，朴实而动人。千山万壑凝朱缀丹，望着悬在枝头鲜嫩欲滴的杨梅，一股惬意沁在心头，整个人被一种酸酸甜甜的味道包围着。

杨梅有野生的和栽种的两种，栽种的杨梅中回瑶子是最有名的品种，它肉厚汁多、核小、色泽鲜艳、酸甜可口、风味独特。更难能可贵的是，它厚道、纯正、天然，总是那么惹人喜爱，让人欲罢不能。特别是熟透了的又大又黑的果实酸酸甜甜的味道，沁人心脾，吃上一颗，甜蜜中透出一点微酸，回味无穷。吃着吃着，恨不得把一座山的杨梅都装进肚子里带走。到了最后，真像课文中写的那样，牙齿酸得连豆腐也咬不动了。

“五月杨梅已满林，初疑一颗值千金。味胜河溯葡萄重，色比泸南荔枝深。”我总是一厢情愿地想，宋代诗人平可正赞誉的就是我家乡的杨梅。

家乡的杨梅是我心中的巫山之云，沧海之水，吃过了便再也忘不了那种味道。

崇阳溪里鸬鹚的鸣叫

夕阳西下，漫天红霞伴着落日余晖，在崇阳溪上弥漫着一层金黄的色彩，为了消暑，不少人在金桥下的清碧水流中欢快地洗澡、游泳、嬉戏。河岸两边亭台楼阁，处处绿树掩映，河面上淤泥、杂草被清理干净，只留一泓碧水，沿着山城流向前方，润泽着万民。

从火车站，随着河流的走向行走，习习晚风中，望着夕阳余晖，看溪水似练。走着走着，看到一叶轻舟在平静的水面上荡漾，走近才看清，那是渔民用鸬鹚捕鱼的竹筏。这条站着几只鸬鹚的小竹筏，惊鸿一瞥处，仿佛是从我记忆深处驶来的一样。

小时候，家住山里，没见过鸬鹚，小湖街头住着一户叫客镜的打鱼人家。他家里养着一群鸬鹚，去赶墟时，偶尔会遇到渔人背着鱼篓，赶着一群鸬鹚回家。一开始不知鸬鹚是做什么用的，也不知它叫鸬鹚，就问父亲，父亲说这叫鸬鹚，从小就受过训练，专门帮人捕鱼的。

它不吃鱼吗？吃呀！小条让它吃，要是小一点的都不让它吞下肚，它是会反抗的，大条的要拿来卖。它就跟我们人一样，总是把好的拿来卖，不好的自己吃。最后我总结：鸬鹚真听话。

父亲听了哈哈大笑，下水前主人会用细绳绑在它脖子根部，但不会绑得太紧，这样它衔在嘴里的大鱼，就咽不下，只好把鱼乖乖地交给主人。如今，红尘渺渺，人来人往中，再也寻不到父亲了，那些过往与对白，竟成为年华中珍藏的回忆，伴随着我的孤单。

后来，到中学读书，在南浦溪上见过无数次鸬鹚捕鱼的情景。那场景太美了，所以深深地刻在了心里……波光粼粼的水面上，不时有小鸟飞掠而过，也会有鱼儿跃出水面。一叶轻舟不知从何方缓缓驶来，河中央，渔人竹篙往空中一挥，鸬鹚像听到命令的士兵，一个个猛地扎入水中，顿时银光闪闪的水面，水花四溅。不一会儿，就有鸬鹚叼着鱼儿浮出水面。远点的渔民就伸出竹篙将鸬鹚挑上船，近点的干脆俯下身子用手捞起，其眼疾手快，看得人目瞪口呆。

近年来，常在网络上、电视里看到某处被工业污染的河道，鱼虾全无，毒气弥漫，给人们的生活和生产造成了无法弥补的创伤。而崇阳溪里鸬鹚的欢快鸣叫和翅膀拍打清新的、带着水草香气的空气所发出的声音，是何等美妙动人。

捞泥鳅

家在山区，童年时只有过大年才能吃上鱼，其余时间，想吃鱼那几乎是不可能的，好在我们这儿连片的水稻田里有泥鳅。可是，泥鳅太滑，一般人想吃不容易。

夏天的晚上，当蛙鸣四起时，男人或男孩会用鳅剪剪鳅去，这是技术活，一般人忙活一个晚上也不一定能剪多少鳅回来。女孩子则更喜欢用葫芦子到水沟里去抓泥鳅。葫芦子是用一根两到三指宽的粗竹篾串上六七个小竹筒，再把那竹篾弯成葫芦状做成的。我们把土箕匝在水沟上，一只手拿着葫芦子用力地在水沟里葫着，这样有的泥鳅就被赶到土箕里去了。抓泥鳅最好的地方，是秋天收割后的稻田，水干了，孩子们成天在田野上挖泥鳅，弄得跟泥猴似的。

有年夏天，天出奇的热，双季稻秧苗刚插下不久，田里突然冒出很多小泥鳅来。有的因为受不了这大热，就那样死在水田里。更多的小泥鳅因为受不了热，大中午的全跑到田窝子里，即稻田的进水口。像开会似的聚在那儿，密密麻麻的，仰着头，瞪着小小的眼睛，人来了也不轻易散开。大人们都说这是土地公在毒鳅。

看到这千载难逢的天赐良机，全村小孩几乎都出动了，我们赤着脚，肩膀上挎着畚箕或旧笊篱，手里提着桶或盆，兴奋地奔去捞泥鳅。一时间，田里充满了孩子们欢快的叫声。那时候的孩子不娇贵，只要能找到吃的，父母是不会在意中暑什么的，因为他们就是这样过来的。

田里的水很烫，头上的太阳很毒，这才是真正的水深火热。难怪，刚来到世上的泥鳅儿受不了这鬼天气，要到进水口去吸鲜活的水了。

下到田里，小心翼翼地靠近田窝子，那是猎犬靠近猎物的动作。由于好奇，并没有像他们那样马上进行捞鳅。我用手去捧泥鳅玩，一捧，掌心里就有几条小小的泥鳅儿在那儿活蹦乱跳了。调皮的在你还没看清它时就从你的手心里跳到田里去了，老实的还依旧在手心的水里游着，样子好可爱。不一会儿手里的水干了，有的用力蹦着，有的干脆就贴在你的手心里一动也不动，像死了似的，样子很可怜。我玩得不亦乐乎，几乎忘记了大中午到这儿来的真正目的了。待明白过来，准备开始正式捞鳅时，已快接近尾声了。

在山村，一个中午，也就三四十分钟最热，当田里的水不再烫脚时，泥鳅就散开了，找不到了。大伙载着收获的喜悦，大汗淋漓，浑身是泥地回到村里，麻利的同伴有的已捞到两三斤，我没有别人多，心里老不大高兴。

父亲知道了，笑着说："不就比别人少点吗？这也要生气？太多了会吃腻的，物以稀为贵，少好！能捞上这一碗已很不错了，应该高兴才是，人不要太贪心。"

随后，只有小号毛线针那么大的泥鳅，被母亲放在锅里烤得酥酥的，放些韭菜和着腌菜一起炒，韭菜浓烈的香，腌菜的酸，泥鳅的酥鲜混在一起，就是一道妙不可言的乡村美食，那天晚饭我足足多吃了一大碗。用劳动换来的美食，总是那么让人津津有味。

尝过甜头的我们，总盼望着这样的好事能再来一回，直盼到天气渐渐凉了，没希望了。我们又把希望放到来年的夏天。好笑的是，我们如同守株待兔故事里的农人一样，天天在那盼着好事重来，可是土地公公却再也不毒鳅了，于是，我们悄悄地猜测：不知他是不是早已改邪归正，立地成佛了？我想大概是的，因为从那以后田里再也没有发生过土地公毒泥鳅的事件了。

农民的梦

每个人在当学生时都有写过自己长大后想当什么的作文，一般来说，孩子们都会用豪言壮语来写自己心中的梦想，而那些梦想清一色的都是科学家、医生、工程师、宇航员或老师……

记忆中，从来没有一个人说过长大后想当农民。因为在所有人的心中，只有考大学或当官，才能光宗耀祖，才算得上是一个体面的人。

长大后，那些成名成家的梦想在残酷的现实面前，渐行渐远。这时才发现，从前所有的梦都是不现实的，虚假的。我考不上大学，当不成公务员，更可悲的是，在这个打工如潮的年代，我没本事到外面去闯天下，为自己赢得一片绚丽的天空。一开始我心有不甘，几番挣扎后终于明白“人需要做自己命运的主人”这句话的含义了。

我只能是个像草一样的农民，死守着那几亩薄田，过着日出而作，日落而息的最原始、最朴素的日子。好在这种最艰难、最劳苦的生活，并没有压倒我，相反还让我看到了希望。

成天面朝黄土，背朝天地向土里刨，在如今人的眼光中，那是一群最没用的人。在那些用各种手段挣到钱，过着锦衣玉食日子的人面前，我承认我没用，我窝囊。我住的是泥瓦房，骑的是摩托车，走的是田埂道，想的是与种植有关的事，过的是平平常常的日子。我没有豪言，更没壮语，有的只是对着农作物像对着儿子那样的轻声呢喃。自从成了一个名副其实、死心塌地的农民后，我明白了，当农民，也不是简单的事。特别是想要当好一个农民或者说新型的农民，更是不简单。

农民过着最苦的日子，做着最累的活儿，我们靠天要饭，向地要粮！虽说这个社会，从骨子里看不起农民，但是我们心地善良，不偷不抢。苦就苦自己，穷也穷自己，堂堂正正，做个守法的公民。

人群中，我与千千万万个农村人没什么两样，过着布衣粗食的日子。面对那些高高在上或耀武扬威的人，我告诉自己别气馁，别失望，更不要在意别人的眼光。我相信母亲的话，只要肯劳动，土地是不会欺负人的。

我虽是农民，好歹也读过几天书，所以与从前那些目不识丁的农民比总有点不同，闲暇时我读书看报，看新闻。学生时代天真烂漫的梦想虽然破碎了，但心里依旧有梦想。我的梦就在一望无际的田野里，就在金灿灿的稻谷中，在累累的果实里头。我的梦想很简单，就是有房子住，孩子能上学，能经常有肉吃，日子安稳……这就是我的梦想，一个卑微农民的梦想。

我深知当一个农民，他的命运里就注定没有波澜壮阔、风起云涌的辉煌，但我有的是细水长流、风和日丽的平淡日子。千万别以为当农民就不用思想，不用知识，就是个只管耕种，等待收获的呆子。经过多年种植的经验，我明白了一个看似简单却不简单的道理，那就是种植农作物是大有讲究的。

谁都知道，做农民的光靠种水稻，除了有口饭吃，是不会有钱剩下来的，没有钱，孩子上学，老人看病怎么办？2012 年，我与村里几个人拿出自己的一部分田来种植洋茄。好在上天保佑我们，去年的洋茄产量与价格都不错。最高时卖到十一二块一斤，最低的也有一元两角。这样的钱在挣大钱的人眼里或许根本算不得钱，但在我们农民眼里已经很满意了。

看到种洋茄有利可图，今年村子里就密密麻麻地冒出了许多种洋茄的人，站在村口放眼望去，田野里几乎全是洋茄。这么多的洋茄，在这样一个小小的县城，怎么消化得了。农民就这样，种什么，全靠自己的判断。于是洋茄成熟时，一开始的收购，价格就不被看好。最后，只有六七毛钱一斤，许多人认为这样辛辛苦苦不值得，就把生长得好好的洋茄树砍了，改种玉米，与人签订了合同，收购价八角一斤，如此这样的折腾，累死累活不说，算起来相同的田亩，其收入还不如去年种植洋茄的一半。

本来今年我也想种洋茄，因为去年种植洋茄，一是积累了一些经验，二是留有种子，如果继续种洋茄的话，会方便许多，但是我还是狠了心不种了，当看到那么多的人都在种植洋茄，这种盲目让人害怕，就像前些年的“蒜你狠”那样，到头来只能是“蒜你贱”。

我知道在这个时代，就是做农民也要用脑子来做，一不小心就有徒劳无功的结果，辛辛苦苦干了，不但没有收成，更惨的是还要倒贴一把。也不知在哪本书上看过这样一句话：这个世上用四肢不用脑子做事的人，是挣不到什么钱的。这句话我牢牢记住了，所以在做事之前一定用脑子想想，这样就会挣到比别人多一点的钱。

于是，我马上改弦更张，改种苦瓜，虽然因为改种而让我的苦瓜比别人迟上市了一些日子，好在今年的苦瓜价格不错，批发价还在每斤两元左右。如今，每天都有三五百的进项，我平凡的岁月在增产也增收的喜悦中感到了快乐与甜蜜。

我不是金子，也没有远大理想，我时刻记得我是农民，我每天要做的事就是农事，我每天与之打交道的就是农田。我的命注定不可能辉煌，不可能大富大贵，我从事的事业也不可能让我一夜成名。但是，我会老老实实地，一步一个脚印地向大地汲取我所要的营养。土地是老祖宗留下的一笔宝贵财富，是我们生活的源泉，我会像爱护自己的生命一样守护这一方热土……

如今国家为我们农民办了很多实事，如取消农业税、实施新型合作医疗制度等，农民的生活和处境都得到了很大改善。相信只要通过自己的辛勤劳动，日子就会一天比一天好。

这个春天，是否真有雪降临

说实话，生在南方的我，是爱雪的，爱它的清净淡雅和丰姿绰约，爱它如绝世美人难得一见；我也是恨雪的，恨它的冷酷无情和绝无仅有，因为雪天里太冷了，在南方这冷是种无处可躲藏的冷。

下雪时，飞舞的雪，为我们带来了一幅玉树琼花、冰清玉洁的画面。此时，大地到处都静得出奇，除了雪的一望无垠以外，有时连只飞鸟也看不到了。你无意中一眼望去，或许恰巧会看到孤舟旁，坐着一位穿蓑衣戴竹笠的老人在独钓寒江之雪。看到那画面的那一刻，心会为之一动……

雪后的大地是美的，这雪的洁净，让人有种只愿远观，不愿涉足，怕玷污了这份美好纯洁的心情。当然，在难得见到的美景面前，又有几个人能经得住致命的诱惑。于是激动的心里又产生一种，恨不得扑到雪的怀抱里与它忘情地拥抱，从而享受洁白的雪带来的爽快与喜悦的心情。

或者在雪的世界里，邀上三五好友到林间赏梅也罢，一个人踽踽独行也行……要不什么地方也不用去，同家人一起，温一壶小酒，或泡一盏淡茶，围在暖暖的火炉旁，边品茗或边喝酒，看

着窗外清美绝伦的世界，在有一句没一句的话语中，情意微浓，笑语温馨……

其实每个人的心里，都会有一场属于自己的雪。

在江南，在闽北，一年一度或几年一度的飘雪，总能让我们享受到别样风情。

天气预报说春节过后冷空气来袭，有雨雪，于是心里对雪的那份渴望早已是满满的，如新年酒杯里盛满的期待！

韩剧中原汁原味的建瓯话

一部《来自星星的你》，让无数中国人为之倾倒。剧中男女主角也成为年轻一代心目中的“男神”“女神”，就连淘宝店上剧中主角的服装，也成了中国影迷疯狂购买的热门商品。

最近，我也随大流看了该电视剧，看着看着，有了个惊天动地的发现。这发现就像哥伦布发现新的大陆一样让我惊奇。剧中人物的语言，也就是他们的对话，有些与我说的话一模一样。比如，不错、不要、7 年以下、死了、笑死了、十五年……有些稍稍有点变化，如哪里、这里、喜欢、照吧、对不起、我送你、黄了不成……还有一些句子只要注意听就能听得出来他们说的是什么意思。天哪，原来韩国人说端午节是他们的、孔子是他们的、李白是他们的，他们这样认，还真是有点渊源哪！因为他们说的话中有不少与我们中国的建瓯话一模一样。

有了这一惊人发现，网上一查，看到这样一些资料：专家最新文献考察和研究表明，“都”姓源于东周时期的郑国，即今郑州市下辖的新郑市。而“千”姓也与河南颇有渊源。“都”姓主要源于东周初年的郑国。郑国王室有个叫公子阏的，字号为“子

都”，他的子孙以“都”为姓。以王父的字为姓，也是中国姓氏命名的一种常见方式。他说，公子阏是东周王室的一支，姓“姬”。算起来，“都”姓也是周王室的后代。

韩国姓氏一部分是直接从中国迁徙过去的，先祖就是中国人，与中国有直接渊源，一部分姓氏借用了中国姓氏，与中国有着文化渊源。关于“千”姓的起源也有相关记载，千氏始祖千岩后裔世居颍阳，世代为武将，地位显赫。后有总督将千万里驻军朝鲜半岛，受武陟县千氏宗祠朝鲜李氏王朝挽留，千万里受朝鲜官，子孙繁衍于斯地，故韩国千氏以颍阳为本贯，祖先为明朝汉人。而河南焦作“千”姓是全国汉族千姓的主要聚居地区之一，焦作“千”姓与朝鲜、韩国千姓同宗同源。

看了这里，我恍然大悟，原来我和都教授、千小姐是真正的老乡，难怪我们说的话有些是一样的。因为，我陈姓的发源地在周朝时的陈国，即今天的河南省周口市。陈姓是从河南开封迁徙而来的，我的族谱上写着：陈颍川堂河南开封。

陈姓族人，从故土河南开封迁徙到福建，已有几千年的历史了。在迁徙后的生活和生产过程中，我们的语言与当地或其他地域语言融合在一起，有些语音已发生了变化，但是，我们的话语中还是有一些古老的词汇被完完整整地保留下来了，这些保留下来的古汉语，这些真正的华夏古音，正巧也被韩国人保留了下来，所以我们就有了共同的语言。

原来华夏儿女，无论迁往哪里，都或多或少地保留着一些最早的语言，也许这也是一种乡音无改吧，包括远在韩国的千颂伊和那个外星人都教授都在用我们的一些建瓯腔来说话……

这些远古时代因种种原因迁往韩国的中国人，他们清楚地记得最古老的华夏之音，内心深处也依然保留着华夏民族的许多优良传统。遗憾的是，他们忘记了他们曾经也是中国人，毕竟年代太远久了，情有可原，可是没有必要常来跟我们抢什么中医之类的申遗……

千年真情

暖暖的阳光里，一树红红的桃花，漾着浅浅春意。这从春天灵魂深处开出的花，散发着淡淡的香，芬芳着生命的旅程。三月江南，每个角落都有关不住的春色。

“谁家玉笛暗飞声，散入春风满洛城。”一片悠扬的笛声，让我一下跌进了一场醉意朦胧的景色中，心头无限柔情荡漾开来。

梦里桃花，山坡上散着淡淡的香。如花的心事，正美轮美奂地绽放着。

你静静地站在枝头上，风情万种地望着我。目光中，传递着情意。清风拂过，飞舞的花瓣在我的周围飘着，眼前是一段温暖柔软的春光。此时，心情舒畅的我迎着你衣袂飘然、浅笑款款地走去，走向你温暖如春的怀抱。与你，在春天的原野上翩跹起舞。而后，手牵着手，看一场美丽的春暖花开。心，便如春花灿烂。

一株桃花，便是你我千年盟约。我今天来了，你就那样优雅地站成世间最美的风景等我，等一场花开的情事。于是，我看见低眉含羞、眼波流转的你，正拈花微笑，给人一种错乱的迷离。

你低眉含羞，我眼波流转。你笑容如花似锦，我虔诚如信教徒。

你柔情似水在风中喃喃成歌。我豪情满怀如一池春水。

风来，一阵落花里，我微漾的心，在纷纷如雨的桃花面前，在悠扬的笛声中，缠绕、生情，初开的情窦正袅袅生香。

你如水的眼眸，缓缓漫过我落寞的心，润泽了我如草的生命。我江湖漂泊满身沧桑，所有尘封的等待，都在你一点桃花里醉了。

桃花我与你不是从眼前到天涯的距离，感谢上苍，许你，也许我千年真情。

让自己醒来

春天来了，冰雪融化了，“嘀嗒”一声，那是一滴山泉滴落发出的声音，声音中，水醒来了，哗啦啦向前流淌而去，发出世上最美妙的声音。江南烟雨迷蒙中，泥土下无数的草芽芽，悄悄地冒出了地面，在暖融融的空气中，种子眨眨眼睛，醒了，大地呈现一片绿色。天色朦胧的清晨，窗外一阵悦耳的鸟语，那是醒来的鸟儿在欢快地叫着……

当人生遭遇岁月无情、生活不公时，多么希望自己能像个睡美人那样，一直沉睡不醒。可是，一个肉体凡胎的人，是不可能像童话故事里的人那样，一直睡着不醒的。是凡人在睡到一定的时候，就必定会像融化了的冰雪那样醒来，发出叮咚之声；像出土的草芽般醒来，告诉这个多彩的世界，你是绿色的天使；像悦耳动听的鸟语那样醒来，用叽叽喳喳的声音叫出你心中的欢喜与快乐来。

于朦胧中醒来的你，眨巴着眼的同时，懂得了一个人要想在光怪陆离的社会中生存下去，就一定要坚强，要勇敢，要有不怕一切困难的勇气与力量。

于是，醒来的你，接受了生活中的那份平淡与苦涩。流年中，坐在岁月的枝头，用一份平常之心开始细数那些艰辛的日子。一任年华像流水与落花那样从你青春的额头悄然消逝。此时，一阵远古的风吹来，吹乱了你的长发，吹醒了你的眉眼，风中仿佛有个声音在轻轻地说：虚度光阴是可耻的……

这有如醍醐灌顶的声音，能让你的心灵真正地清醒过来。是呀！与其浑浑噩噩地过一生，不如让自己的心境变成高山之流水，或低沉婉转，或激情高亢流向生命的大河。此生，既然做不成大事，成不了大器，那么做一个平凡的人，也不要虚度年华，踏踏实实地过好每一天，静静地呼吸，微笑地生活。用一颗感恩的心去感受亲情中的恬淡之幸福。再用一颗淡泊之心去面对一切的坎坷无情……

那么，在你若水的生命里，如果不想让生命之树枯萎，就给心灵一片沃土，让其在水的滋润下花开满地。那么，如歌的岁月，在孤独的守望中，一定会有花开满山的华丽与硕果累累的充实。

让自己醒来，给生命一份礼物，给自己一点温暖与关爱，用风花雪月的浪漫去装点唐风宋骨的优雅。

红军菜

天下起大雨，想去童游看看老母亲有没有来卖菜，我顺着那些进城卖菜的人用畚箕和竹篓排成的长队找去，没有看到母亲，她今天没来。快走到队伍的尾巴时，看到村子里的节枝姨。此时的她正躲在一个通道下避雨，我走进去，问她卖得怎么样，她指着还在雨里淋着的几把苦笋和一捆蕨菜，还有一把紫色的菜说："这么大的雨，不好卖，还被收去两元钱。"

真是不容易，八十岁高龄的老人了，从乡下坐车来城里，至少要花十四块的车费，到这里还要被收两块钱管理费。想想城里有工资的老人，不是跳舞就是旅游，日子过得真滋润。农村老人只能用一生的勤劳善良来记录他们对生活的坚定。

不一会儿，雨停了下来，节枝姨硬要把那捆紫色的菜塞我手上，说是雨大没人来买，给她钱又不要。

为了不拂老人美意，我只好带着那把不知名的菜，一路往出租屋方向走，走到水南桥时，遇到一个五十岁左右、农民工模样的人，见我手中的菜，问花多少钱买来的，我说不是买的，是人送的，没问价钱。

那人与我并排走着，边走边说："从前只有我们江西有这种菜，叫红军菜！”为什么叫红军菜呢？对着这个陌生人，我打破砂锅问到底起来。

这是当年红军在缺粮断米最困难的日子发现的，有人说这种野菜好像是专门为红军而生长的。那时的红军就是靠吃这种菜才生存下来的……

更神奇的是，在缺医少药的年代，受了伤的红军，吃了这种菜后，伤口会很快愈合。这野菜不仅能吃饱，还能疗伤。

“想不到看似很平常的一把菜，却有着这么不平凡的来历。”

“这菜，是近些年从我们那里引进来的。”他说的是实话，之前我确实没见过这种菜。近年来常在菜市场看到，也偶尔在人家的菜园里看到长得茂盛非凡的它们。

“这菜女人吃非常好，能止血，抗病毒，还养血。”

陌生人说完这些，我不由赞叹道：“你知道的还真不少呢！”这时，那人要往另一个方向走，还不忘告诉我：“这种菜极好种，只要摘下一段梗，插在泥土里就能活……”

回到家里将它洗净，切碎，用素油清炒，锅里的菜，在蒸腾的袅袅热气中，散发出一股淡淡的香。做好的菜紫红紫红的，透着诱人的光亮，连汁液也是紫红色的，但色泽略微淡一些，这色彩的差别，像国画里的浓淡用笔。装在白色瓷盘子里的红军菜，如一朵紫色的云雾，盘旋缭绕；又像是一朵盛开在露珠下的紫罗兰，高贵中有种让人想亲近的亲切与质朴。

我有点迫不及待地夹起一片放进嘴里，慢慢地咀嚼，感觉有点像木耳菜的脆和芋头丝的滑。嚼着时，有一种从未体验过的淡淡清香溢满唇齿之间。味道真不错，我一下子就喜欢上了这种菜。

吃过红军菜后到电脑上查资料，此菜名叫紫背天葵，长于海拔700米至1120米的地区。一般生长在悬崖石缝中、山地山顶疏林下的石上、山顶林下潮湿岩石上及山坡林下。因嫩茎叶富含钙、铁等，营养价值较高，又有清热解毒、抗恶性细胞增长等作用，故而深受人们的喜爱。

我为红军菜无论在哪种环境下都能蓬勃出生机的顽强精神而感动。从这种看似普通的菜身上，不仅看到当年红军的身影，更看到了那些在偏远乡村不怕艰难困苦生活着的百姓，他们多像这紫背天葵，把生命里的一种坚强张扬到极致。

石　　磨

这是一个没有完工的磨，没有磨心，没有像样的槽，更找不到上半部。不知它来自什么年代，可能是因为当年制作时磨的嘴被不小心敲了一块后，被丢弃于一边……

于是，这个不会走路的磨就一直静静地躲在这里，某天有人把它搬到了一桩篱笆下，让它看守菜园子。换了地方后的磨还是和从前一样，不说也不动。大家都不在意它，不拿正眼看它，因为说它是磨，它没有磨心，连个槽也只有个雏形。没心的磨还是磨吗？人们都摇头说不是。

其实，世上能打动人心的都是最原始、最本真的淳朴。只是这磨一直没有遇到认识它的人，所以就一直这么默默无闻地待着。把一抹最奢华的想象，藏在其间。过于精工雕刻的作品只会暴露更多的浅薄和一目了然的平淡。

这磨盘，如散落在原野上随意生长却光彩照人的花草，似那未经开发的大美山水，在与世隔绝中保持着自然的灵性。因为如此，它的生命从不会在繁复中彰显美好与绚丽。

流年中，一场又一场风雨的润泽改变不了它的容貌；季节里，花开的灿烂也芬芳不了它的生命。在风雨和沧桑的背后看不出任何痕迹，给人留下更多的想象空间。看着不曾改变的石磨，其实岁月也在它的身上写满丰盈与感动，只是我们这些肉眼凡胎感觉不到而已。

要是有识货者将这磨放在客厅里，闲暇时坐在这石磨前，温一壶清茶，任光阴缱绻，心事弥漫。窗外一片葱绿，偶尔，会有清风拂过，心底，便泛起了柔柔暖意。或倚在这石磨前与时光对望，在岁月平仄的韵脚里，握着阳光的暖意，书写最美的文字。

其实生活也该如此磨一般，人的一颗心本无须过多奢求，平平淡淡，方见清明。带一种简单信念，行走尘世，像这个未打凿好的石磨那样。

那么就让我们在纷繁的人间烟火外，做一个随遇而安的磨。带着禅意或一种顿悟，如此，年华，在轮回中就不会老去，心境在辗转中就会越来越清平如水。

乌　　柏

乌柏，当地人又叫蜡子树，因其果实是蜡质而得名。熟悉的称呼里包含着人们对乌柏的情感。

乌柏在中国历史上是非常重要的油料树种，它的籽榨油之后被用于制造香皂、蜡纸、蜡烛、油漆、油墨等。

乌柏浑身是宝：花，是蜜蜂采蜜的蜜源；叶，不仅可养蚕，还能作染料，制农药；根、皮、叶均是一种中药，主治头痛、利二便；木材纹理细密，坚固，富有韧性，做出的家具光洁、耐用，还能防蛀。当然乌柏最神奇的是柏籽，它是古人用来照明的主要材料。几千年来，是它们给人间的茫茫黑夜带来了光明与希望。

说起乌柏，就会让人想起古诗《西洲曲》中“日暮伯劳飞，风吹乌柏树”的绝美诗句来。这诗句因情感的直白与明净，成为白描中非常优秀的句子，也是我最喜爱的诗句之一。

乌柏的种类很多，所以叶片有菱形、卵形不等。果子为蒴果，木质，为梨状圆球形。

闽北的建阳有着种植乌柏的悠久历史，故而在建阳境内到处都可看到乌柏。乌柏一般生长在比较低洼的地带，小河边，路旁，山脚下等。

乌桕寿命长，易栽培，对土壤基本没有什么要求。不仅是美化环境、保护生态的好树种，还是观赏树。建阳市的乌桕树，有野生的，也有栽培的。在城市和公路边以及其他一些地方，都可看到它们的身影。

我总觉得乌桕树是个乡村美人，因为它一年四季都美不胜收。春天刚长出的新叶，给人一种焕然一新的美妙。夏季，叶绿深深，在阳光下显得油光闪烁。最美丽的乌桕在秋天，它全身的叶子渐渐变得像火一样的红，正是“秋霜飘落万花尽，万亩桕林火欲燃”的景色。据说，原来小学课本上的“江枫渔火对愁眠”里的“江枫”不是枫树而是乌桕树。可见乌桕树的叶子有多红，红得都让大诗人看走了眼，把它误认作枫叶了。初冬，树叶凋零，树下红霞一片，树上银花点点。远远地就能看到树枝上无数点点的星星，泛着银质的光亮，一阵风来，那些籽儿便簌簌往下掉……这时便是人们捡拾蜡子的最好时机。

“梧叶新黄柿叶红，更兼乌桕与丹枫。”乌桕树，它华美、丰富、多情，但它不奢华、不浮躁。有着巨大贡献的乌桕树，却甘于过一种贫瘠的生活。

我喜欢，因为乌桕树只要扎下深根，就能守住梦想与未来；只要给它一片阳光，就能与千载白云蓝天，在时光下缠绵，并能在自然界里孕育出一片勃勃生机。

卖酸枣糕

一

酸枣糕是纯天然的，不知为何却不好卖。今天下午在水南桥头卖时，只有一个老头走过问了一下价，看了看说："现在酸枣还没熟，你这是没熟的做的吧?"我想城里人不知季节变换，就像那首《北国之春》唱的那样。"熟了，酸枣到这个时候都已熟了一个月时间了。"遗憾的是，我的话没有留住第一个顾客。

后来，一直无人问津，到城里步行街去看看吧！到了城里，开始站在一家服装店外面的路边，里面的人出来说，不能站在这里卖。我站大路边，心想总不是你的地盘了吧！我图这里是十字路口，很多人要从这儿经过。这时，又一个胖女人出来说，不能在这里卖。你要在这里卖，我就叫城管来。我问她这是不是路?她说是路，这里是我们店的范围……

她的意思，凡是这个店范围内的路，都不能站在这儿卖，若按这逻辑，整街都是店铺的地盘。我觉得这有些蛮不讲理，但想想也是，她一个又胖又丑的女人，想来也没什么文化，所以沦落到替人打工的地步。看到一个在路边卖酸枣糕的，不欺负欺负还待何时！

唉！这酸枣糕这么难卖！一片红红的落叶正落在肩头，无人理睬我的叹息。

我把一小篮子提到步行街，不多时有个女人带着一个孩子来，不买，却吃了两块！

站在人来人往的街头，心里一直在想：人，若没有经历过落魄，就不知道什么叫冷眼；没有经历过无助，就不知什么是落井下石；没有贫穷过的人，永远也不明白钱之难挣……其实，人还是多经历一些苦难，才更能看清这个世界的冷暖和无情！这样胡思乱想了一阵之后，看看天色已晚，肚子也咕咕地乱叫起来，准备着打道回府。

走回到水南桥，不甘心无功而回，就不信卖不掉一斤。此时，河水无声地向前流淌，天边还有一抹夕阳，天气在渐渐地变凉。不为别的，只是想多捱点时间，能卖出我的产品。还好，这种希望不是奢望，没站多久，就过来一对小夫妻，男的看了下，又尝了点，就买了一斤。真的要感谢这个年轻的男子，是他让站了一个下午的我，终于卖了一斤酸枣糕，也让我有了收获的喜悦。

提着那一篮子的酸枣糕，我一边嘲笑自己的无能，一边还苦中作乐，自言自语道："带着九斤老太出去，却领了一个巴金回家……"

路边的树，一些被风干的叶片，在路灯下透着斑驳的亮点，多像我有那么一点点伤感而萧瑟的心。

二

又去卖酸枣糕了，这次的目标就是水南菜市场，这天也就是国庆长假的第六天。早早地，吃过饭我就去了，带了一把小凳子，先是在那个菜场的入口处，也就是很多人修锁的地方摆下我的地摊。我就坐在一家小卖部的边上，这家人很好，每天都看到一些乡下人坐在他店边的台阶上卖菜。去年我卖苦菜时也是在这儿卖的。

静静地坐在时光中，听不到时间走动的脚步。还好，没多久，就来了一位先生。问了一下价钱，就买了一斤。旗开得胜，让我有了信心。

谁知卖了这一斤后就再也没有人来买了，那位一直在这条巷子走来走去的老大爷，每次走到我面前都要问下卖了多少，我说就卖了一斤。老人很是同情，就说："你拿到那头，也就是永辉超市那头去，那里人多。"我觉得有理，就过去了。在那儿守株待兔很久了，才来了一位穿戴整齐，年纪在六十岁左右的女人。左看右看我的酸枣糕说："我记得我女儿给我的都是透明的呀！"我说哪里有透明的酸枣糕呀，差点没说除非是假的。

女人又问我是怎么做成的，我一五一十地说了整个制作过程。当我说完这些，又问有没有放其他东西。我说除了白糖没放别的东西，不信你吃下就知道了。

女人吃了一块，然后就砍价，最后以十八块一斤买下。女人一路走一路吃，过了十几分钟女人回来了，说是不买了，她不能吃甜的。她跟我说这些话时，嘴巴里还在吃着。

这样的事，无论遇到哪个卖主也是不肯退的。记得多年前，在乡下，一个塘楼卖西瓜的，我只问了下多少钱一斤，他就要我买。我说我只问一下，那个人就拿起刀来，说不买就要砍我，吓得我恨不得要把他一手板车的瓜都买下。再有就是今年，也是去童游看我妈妈来卖菜没有，看到一个人的杨梅价钱很便宜，就让称一斤。那人却称了快两斤，我说吃不了，不要了。那人听我说不要了，都快要吃了我。连他在对面卖水果的老婆也冲过来，揪住我。我想起自己遭遇的这些流氓恶棍式卖东西的人，就恶心！

不买就不买吧！退她钱，就当是做一回善事吧！

市井之中，什么样的人没有，不要用自己的心去丈量别人的距离，也许城里人不懂乡下人的情怀。生活之中，只需收藏哪怕是一点点的感动，生命将会开成一朵金色的菊……

还好，这天没有遇到收费的人，要不然，乡下人来城里卖菜是要被收费的。为此，我问了一些卖菜的人。他们说，建阳的农民是不用收税的。真心希望某年某月，乡下老人来城里卖菜也能不被收钱，他们太不容易了。要收就收乡下年轻人的钱吧！谁让他们驮着个人头，投胎在乡下！

第三次卖酸枣糕，又只卖掉一斤。还有七斤，看这样的战绩，我还得卖它个七天。并非我想这样，谁也不愿意自己的东西不好卖，但生活就是这样，没有什么愿意不愿意的。看不见，摸不着的生意经，却让人五味杂陈！

三

下午四点左右，我又来到了水南桥头，我觉得这是我的风水宝地。刚站定，还没开张，就来了个肥城管："怎么能放在这里卖东西，走，到那条路口去。"这城管还不错，不像步行街那个眼睛凸起、面色苍白、凶神恶煞的城管。看来出师不利！

就这样，在城管随手指定的地方，我呆呆地站了约一个小时，样子有点像犯错的学生被罚站。看一边卖瘦肉羹的生意很红火，那些男孩女孩排着队来吃。真恨不得把酸枣糕丢了，也去开一个这样的铺子。

看看天色渐晚，快到下班时间了吧，想想那城管可能不会出现了，我又站到了桥头，天青色等烟雨，而我在等你，我也在等，一直都在等着顾客。

来来往往的行人，并不因为我的悲伤而怜悯我，就像曾经，痴迷看书，曾无限向往外面的世界，那个辽阔的我所不知的世界。故而，身在乡下，心已走远。

看重知识，我让一个孩子要好好学习，他却出人意料地说："你会读书，怎么还在乡下?"其实，在这个社会里，知识有时并不具备什么价值。

好不容易来了一个推着箱子长发飘飘的女孩，买了一袋。此后，就再也没有人来问了。看来真的是每次出来都只能卖一斤，一斤就是我做生意的成本或收获。

穿过人声鼎沸的街市，我的目光惆怅而迷离，华灯初上之时，来了一个学生。是他叫的我，其实到现在我也没有想起来他叫什么名字，我这记性。

这学生是去桥南小学接他学习画画的孩子的，回来时，他拿上一袋，丢下五十块钱就跑，想追却追不到。看他的样子，是来城里打工的，我怎么能多要他的钱呢，看这酸枣糕卖的!

无数的城市灯火，是挂在尘世烟火里的一份简单的付出与给予，这个世界，总有贴近生活的一份温暖，让人内心丰盈。

四

九月于我而言是平淡的，没有太多的跌宕与起伏。生活依旧在琐琐碎碎中过去。没有去卖酸枣糕时，也会在文字中寻一份温暖，日子，也就在平静中消逝。只是，枯老的手却写不出清新的篇章来了。

在码字的时候，心里总想着，若我的酸枣糕像金子遇到中国大妈那样，该多好！可想象总归想象，这样让人疯抢的好事不可能发生在普通的酸枣糕上。在这样的小城，很多人和我一样是乡下来的，他们家里似乎都有酸枣糕。

手头上的酸枣糕还是要卖掉，早早地就到了水南那条通往菜市场的路口。没有一个人来买，只有偶尔过路的人问问价格，像冷落的清秋！

有一个卖白果（银杏）和红辣椒的人推着一辆三轮车，也在那里，他的生意很好。看我一斤也没卖，就说步行街那个老太婆，卖这东西卖得好，她卖三十五到四十块一斤。

那个矮矮的、胖胖的老太婆我也认识，有次路过她的摊位前，我问怎么卖，她一眼就认出了我说，你不会买的！她经常到我们那儿去收购酸枣糕、酸枣、杨梅干、地瓜干……收购时价格压得极低，比如酸枣糕只十块左右一斤。

“我还以为是她自己做的呢。”那人说。

“可能也会做一些吧，但大多数都是收购来的！每去一次，回来时总是几大袋的山货跟着她一起上车。那是个非常能吃苦也非常精明的老太太。”

“她的生意很好。若不好也不可能年年在那里卖！”

我突然间想到乡亲们常说的一句话：“钱是该人挣的！”通过卖酸枣糕，也让我对这句话深有体会，同样的东西不同的人卖，就有不同的结果。我的一个同乡在 QQ 上看到我卖酸枣糕的日记就说，可能你是新面孔不好卖吧！大湖有一个老太婆，年年到建阳都卖得很好，她有几千斤的酸枣糕。

我想同乡说得对，也许因为我是新面孔，人家都不来买吧！也许成功就是重复着做同一件事，等到大家认可了，路走开了，就成了。

今天我无功而回！

太阳升起来，从高楼大厦的间隙里照了过来，有点暖暖的，但同时吹来的风却带来了季节的薄凉……

五

一位好心人来短信说要十斤左右的酸枣糕，我早早吃过饭就往乡下赶。当我告诉母亲有个人要十斤左右时，她很是高兴。回城时，我挑着一挑，其实也就二十几斤，从车站一路走回家。

回到出租屋，就忙着到超市去买些菜，哪里知道，当我抽出那张昨天卖酸枣糕得来的钱时，那个收钱的男孩说："阿姨，你这张钱有问题。"一听我头都晕了，天呀，是张假钱？辛辛苦苦卖了几天的酸枣糕，竟然得了一张一百元的假票来。原来我是为那个陌生的女人打工。

当时，拿到钱的刹那，有种不太真的感觉，可是我左看右看，那水印又十分清晰，再摸摸盲文，也有。加上一个上午没卖一斤，心里就急了。看那女人也是个纯朴善良的人，想不到居然拿着一张假钱来跟我讲了大半天价。

这女人怎么就这样恶毒呢？至少比起那些来吃白食的，更可恶！再一想，可能那女人也是受害者，就像早些年的我，因为收到了张十元钱的假钱，也是急于出手。结果虽然出手了，因为都是邻村的，却让人家记得了我。

后来，妹妹去一家铺子买一块布，那个卖布的女人第二天竟然找上门来，说她收的一张十元假钱是妹妹给的。最后，白白地赔了那女人十元钱，也就是说被那女人讹了十元钱去。那天妹妹的钱是父亲从信用社里刚取出来的钱，不可能是假的。按卖布女人的逻辑就是你家有一张十元假的，最后就有无数张假钱，好像

我们家是印假钱的人家一样。当然这是我种下的果，我是在被人害后却想着去害人的无耻小人。

好几年后，再次遇到假钱，是妹妹坐月子时，我到她门前的小店去买蚊香，给了店主五十元，找来的钱中有一张二十的假钱。记得小店里灯光昏暗，女人给钱时还特地交代了句要看清楚。也正因了这句话，让我对她更相信。回到乡下，买肉时，被告之是假钱。那二十元假钱，被我夹在一本杂志里，后来可能在卖破烂时卖掉了。

几年前帮母亲去银行存两千多元钱，被告之有三张一百元的假钱，想想三百元，母亲不知要卖多少苦菜、苦笋，就没有对她说。今年春天，又帮母亲去存钱，又有两张假钱，一张一百，一张五十。

时间湮没过往，留下的是记忆……都说吃一堑，就能长一智，我是个吃了无数次亏也长不了智的笨蛋！太相信别人，总以为世上全是好人，没有坏人！我也明白，人生处处有险恶，一不小心，就可能中招，但事到临头，就把一切都忘记了。

当我听说钱不对时，就胡乱在包包里找，还好找出的够这次买菜的钱。钱交完后，菜也不要了，票也不要了，还是那个在一旁帮忙的女孩赶来把菜塞在我手里。

我不是为一百元假钱而六神无主，我是为自己的笨而生气。

说实话，一百元钱还不至于毁了大风大浪走过来的我。其实，在人生漫长的路途中，因为这诸多的过往，比如欺骗，比如冷眼，才有了今天这一篇文章。或许，只有不完美的人生才有如此深刻的记忆吧，季节和尘世一样，总会把最真实的美好和最真实的残酷一一呈现在眼前。好在这个秋高气爽的季节，这个温度，这景象对我来说都是最好的安慰。世间总是好人多！今天是我卖酸枣糕以来卖得最好的一天，我高兴。

六

这段时间几乎都在为卖酸枣糕而奔波，第一次九斤卖完后，回了趟家，带了几个土鸡蛋，本来从偏远乡下带来的土鸡蛋，是准备给自己和孩子增加营养的。不想在卖酸枣糕的过程中，竟然收了心怀鬼胎的人给的假钱。说实话，为这我曾夜不能寐。我没有别的挣钱办法，又想把那种本不该的损失补回来，怎么办呢？唯一的办法，就是嘴巴与肚子商量，偷偷地把这些土鸡蛋卖了。我知道城里人爱这原生态、无公害食品。

如此，二十几个土鸡蛋和酸枣糕就随我来到了市场，摆在那儿，一直都无人问津，没有人识得它们的庐山真面目。两个小时后，还好来了个老太太，她蹲在我的鸡蛋篮子前，拿起蛋是左看右看，像考古学家在考察一件古董，看了半天后才说这确实是土鸡蛋。听说是土鸡蛋，只一会儿工夫，蛋就被三个女人疯抢完了。

因着土鸡蛋带来的幸运，这天酸枣糕也很好卖，一个上午就卖掉四斤。几天后，当我的酸枣糕卖完了，我回家，又带来二十几个土鸡蛋。这段时间村里正在收割，这时的鸡就像过生日似的，每天吃得饱饱的，蛋也就下得勤。

这次的蛋好像没有上次幸运似的，放在那儿和酸枣糕一样被冷落着。过了好久好久，才来了一位中年男子问价，我说："一个两块钱！"那人脚也不停地边走边说："一块五我就买点！"

"我这是土鸡蛋，你不买我拿回家去自己吃！"我这样说后，那人又折回来，以一块八一个买了几个，边买边说："这么贵的东西，且有风险，不知是不是真的！"他说得也对，在这个诚信缺失、道德滑坡的年代，人心与人心的距离，即便面对面，也相距十万八千里呢，谁还能相信我呢？市场上太多以假乱真的货，就像《红楼梦》里的一副对联里写的那样："假作真时真亦假，真作假时假亦真。"买东西时还真得像《雾里看花》唱的那样："借我，借我一双慧眼吧，让我把这纷扰看得清清楚楚明明白白真真切切。"我们都是肉眼凡胎，哪里去找慧眼来分辨真假呢？

买蛋的男子走后，旁边一个卖芋头的女子笑着对我说："你的土鸡蛋拿到城里来，谁能信是真的呢？你看看周围卖土鸡蛋的何其多，且人家一块五，一块三都卖。你的虽是真的土鸡蛋，人家也会把它当假的来看啰……"

我不想说我这蛋本是拿来自己吃的，因为我不想让更多的人知道我卖酸枣糕收到假钱的事，毕竟这是不体面的。只好说家里正在收稻子，母亲没空去镇上卖！所以就带来这里卖了，谁知人家却不信！

时间在无声地流淌，通过卖酸枣糕，才发现做小买卖也并不是那么简单。就在我不指望能把那些鸡蛋卖掉时，来了一位阿姨，一来就说："上次跟你这买的是真土鸡蛋，那蛋白多浓呀。你的这些我全买了。"识货的人来了，我也不想多说什么，很干脆地说："一块八一个吧！"因为心里高兴。

谁知阿姨却说："一块五吧！没卖掉你也得提回去，提来提去的。再说没买过的人也不敢来买……"这个世界只有这位陌生的阿姨是我的知音，想想有的人为了知己连命都可舍，我这几个蛋便宜点又有什么不肯的，心头一热就说："一块六，你全拿去。"阿姨二话不说忙着用袋子装蛋。看着一个个蛋进了阿姨的袋子里，我说："这个价我的眼泪都卖出来了……"

鸡蛋是卖掉了，酸枣糕一斤也没卖。我花了足足一上午的时间，也没有等来一个买酸枣糕的人。

其实蛋能不能卖掉我无所谓，酸枣糕卖不掉才让我头疼。谁知本不指望卖掉的蛋却被我卖得精光，想卖掉的酸枣糕竟然一块也没卖。这种结果是叫种瓜得豆呢，还是叫种豆得瓜呢？我说不来，心里有种怪怪的感觉。

秋天总是给人太多伤感，尽管太阳暖烘烘地照耀在我的头顶之上，可心却有那么一点点寒凉……

记得在走投无路的情况下，曾暗地里对自己说过：“无论何时都要学会用一份坦然，去面对坎坷，如此才能给自己拥有一份期待。”

混得差的柳永

喜欢柳永的词，不仅仅因为柳词的音律谐婉，缠绵悱恻，情景之中能看到花红柳绿，还有更深一层的意思，那就是柳永曾经就住在我隔壁县。

一般来说，读柳词时我只读，不思考，也不大用心去聆听文字间作者心情的起起落落。我只喜欢在柳词的意境里徘徊，在那里流连忘返。但是，读着读着，内心里总有一种说不出的感慨。柳永在《雨霖铃》里写道："便纵有千种风情，更与何人说？"是呀！每个人的心里都有许多话想说，可是在这茫茫人海里，又能向谁去诉说呢？看红尘滚滚，人情险恶，也只能把想说的话咽到肚子里去了。柳永大概也是在看惯了世情冷淡后才写下这样的绝世之句吧！

读着柳词，有时我会停下来，仰望星空，这么一位才华横溢的词人，一生都不得志。特别是知道他客死他乡时，身边竟然没有一分钱留下来。最后，还是风月场中的众女子凑钱埋葬了他。一代词人落得这样的下场，北宋不是号称重文轻武的吗？而且据说生活在北宋的文人是活得比较滋润的，因为北宋对文人特别优待。

从柳永的遭遇就可以让天下文人都知道统治者是怎样重文的了。柳永若活在当下，至少不会过得如此凄惨吧！

这样想着的我又产生了许多的不解来，如此有才华的柳三变为什么就不能上位，为自己谋一份差事来做做呢？倒是让一群酒囊饭袋、滥竽充数的文人过得比他强。

说起来，柳永的失败，还真的是有他的自身的原因。因为他太擅于填词，也太喜欢填词了。在那个等级森严的社会里，怎么会让一个无权无势的年轻人就那么轻易地出人头地呢？木秀于林，风必摧之。读书人，也就是有点文化的人都知道，柳永的词是没有人能够超越的。“有井水处皆有柳词”，也就是说，柳永的词就像现在最流行的歌曲那样，人人都能唱，都会唱。可是，喜欢柳词的人，都是些什么人呢？都是些风花雪月里明眸皓齿、燕语呢喃的女子，或是一些平民百姓。这些人本来就低贱，是被社会看轻的，能给柳永带来什么好运呢？加上柳永急于展现个人才华，还没有捧上铁饭碗前，就到处炫耀，这样能不让那些士大夫生气吗？他们一定在内心里骂：“你个从闽北大山里走出来的柳永算个什么东西。虽说我们北宋重文轻武，但对于锋芒毕露的人，还是容不下的。”

而那个晏殊，与柳永只相差几岁，他们是同时代的人，可他就过得很幸福，很滋润。晏殊从十六到六十，基本是官运亨通，锦衣玉食。公事之余也舞文弄墨，也写词。他能做到的事，为什么柳永不能呢？人家晏大人写词，是当了官后，作为业余爱好私下里玩玩，不像柳永把词当成生命来爱惜……

为什么晏殊就不帮柳永一把呢？按理说他是有这个能力的。那他为什么任柳永在宋朝的天空下蹉跎岁月，任他怀才不遇地哀叹：“长安古道马迟迟，高柳乱蝉嘶。归云一去无踪迹，何处是前期?”晏殊不帮柳永难道就是因为文人相轻?

连仁宗也让他且去填词，晏殊又怎会伸手去帮他呢。于是，大宋的街巷瓦肆里就有了个自命不凡的，在那里奉旨填词的人了。

好在柳永的苦楚还是有人能懂，他在孤馆寒灯下发出的阵阵叹息，总还是有知音的。

剪子巷里的剪子

几年前的一天，到建瓯城里玩。乡下人进城总喜欢到处转转，哪里知道在中山路，偶然间就邂逅了剪子巷。原以为市井色彩浓厚，风光无限的剪子巷一定特别得很，不想原来却短短的，两边的楼房有的还有一些斑驳。说白了，剪子巷，只是如今钢筋水泥森林里的一条间隙。

这里早已没有了叮叮当当清脆悦耳的打铁声了，更找不到那种门庭若市的感觉来。剪子巷早已不卖剪子和日常用具铁器了。有的只是与其他巷子一样的小店铺，写着“剪子巷”的路牌被寂寞地钉在巷子的墙壁上。

剪子巷的热闹去哪儿了？曾经在闽北非常有名的剪刀又到哪里去了？这里的剪刀为什么不能像张小泉的剪刀那样走向全国？这样想着，立时一种淡淡的失落爬上心头。然而，静下心来一想，社会变迁，有些东西终究会被湮没的。

那时的家庭，一年到头缝缝补补都要靠一把剪刀，拥有一把好剪刀是每个家庭妇女心中的梦想。而由建瓯剪子巷里打制出来的剪子，就是整个闽北妇女心里最爱的用具，她们以拥有一把剪子巷的剪刀为荣。可以说，建瓯剪子巷里的剪子就是现

在人们说的名牌。

我的母亲听左邻右舍的妇人说买剪子就要买建瓯剪子巷里的。可是，建瓯离我们家太远了，在那交通和经济都不怎么好的年代，想要一把这样的剪刀是件不容易的事。据说去了也不一定能马上买到，因为货好，总是供不应求。后来，母亲想到让闯荡闽江以运放竹木排筏为生的舅舅帮着买。舅舅放木排到福州或南平，都要路过建瓯。

舅舅买来的那把剪子样子古朴，线条柔和，像个变体的八字。用起来总是得心应手，果真名不虚传，像是一把有生命，能懂得主人意思的剪子。不论是裁剪衣服、纳鞋底，还是杀鸡宰鸭都离不开它，它可成了我们家里的宝。有时母亲的同伴也会来借去用用。

这把剪刀用了好多年后，没有原先利落了。有一天，村子里来了一个磨剪刀的，母亲就拿去磨，磨剪刀的拿过一看，有点兴奋地说："这可是建瓯剪子巷的剪刀哪！这剪刀真好，磨一磨，又跟新的一样！"果然磨过后的剪刀与新的一样好用，这可乐坏了母亲。

后来，有次杀鸡，杀完鸡后，在不知有剪刀的情况下连同鸡毛被我倒到田里去了。把剪子像宝一样对待的母亲，要用时，在家里打翻了天也没找到。只好到供销社去买了一把，可是买回来没用多久，就不好用了。

到第二年开春，父亲去田里劳动时，才发现那把剪刀。可是，经历几个月风吹雨淋后的剪刀，已经锈蚀得不成样了，为这母亲伤心了好久。后来，母亲又让舅舅帮着买一把同样的剪刀。可是，舅舅这次买来的却没有原来那把剪刀好用了，我们都说不是剪子巷里的剪刀，但舅舅坚持说是。

直到那天走到剪子巷我才明白，建瓯剪子巷里的剪子真的在岁月的洪流中悄悄地消失了，没有了。但是，我相信建瓯剪子巷里的剪子，这个在闽北人心中留下的篇章，一定还在人们心里深深地珍藏着。

时光来不及点缀

这个冬天，寄居在潭城一隅的我，光影里，沏一杯茶，执一支笔，要把那些遗失的岁月记起。

回想起那段在潭城学习的日子，以及那些被岁月梳理过的章节，心里依旧温润如初，暖暖的。

那时，建阳很小，人也不多。从水南那棵大古樟树边的一条小巷子一直走到底，就是我待过的地方。

那里的校舍对于来自乡下的我来说，已是童话里最美的房子了。这儿有城里人生活里的所有东西：澡堂、食堂、小卖部……当然最让我眷恋的是图书馆。那时同宿舍的借书证都在我手上，我几乎看遍了那个学校图书馆里想看的书。

依山而建的校园，静静的，很适合读书。光线透过树叶的空隙，射进明亮的教室，笑颜如花的日子就在老师们一根粉笔里谱写。

校园里种着许多树和花。有肃穆的柏树，庄严的重阳木，与这两种树不同的是那棵被叫作鸡爪梨的树。一到秋天，就会掉下许多甜美的果子来。还有春天里花开如雪的多情梧桐，花落时，总是落在台阶上。记忆最深的是那棵长在原来洗衣池旁的皂角树，总是挂着沉沉的果实无语地立着。可是一到了冬天，它就把身上的绿叶连同皂角一起落光……校园里的花就更多了，有鸡冠花，指甲花，最特别的是夜来香，一到它开放的季节，就像那些青春四溢的学生，把那香气儿四处张扬。校园因了这些树与花的装点，显得华贵、庄严、活泼。

周末，云淡风轻，阳光灿烂，同学们都到外面去玩了。我一个人捧一本书静坐于花海间，从花间散发出来的幽香，于心底安静成暖；或倚在一棵大树下，跟着书里的人物或喜或悲；风和日丽时，采撷一束束春暖花开的阳光，拿着画夹，坐在宽宽的操场一角，仔细地画着老师布置的作业。我就在那些幼稚的线条里，将思绪放逐。我一个人就这样一页页地装订起城市有限的日子来。当时觉得能在这样的房子里读书，很幸福。

走过一段岁月，就丢失了一段时光，学生时代的生活是短暂的，到了那天我不得不离去。当时，有本事的同学就直接留在了城里，后来，有能力的也陆续进了城……

在乡下清寒的日子里，偶尔也会遥想小城隔世的繁华来。再后来，留在我眼里的繁华就像旧光阴里没有风花雪月的青藤，虽青葱，却隔得远远的，摸都摸不着，只有让那藤蔓儿在心底摇曳浅唱一会儿来慰藉一下寂寞的日子。

时光来不及点缀，错落的脚步就跌跌撞撞地带着这座小城走了好远好远。

前年，我孩子在那所初级中学借读，我有幸常到原来的学校去。可是，校园已面目全非，我有点落寞。举目四望，还好，我读书的教学楼还在，为这，每去时都要久久地站在教室门口……

谁知第二年，当我再次去开家长会时，那座房子也被拆得一干二净了。于是我遗憾地自言自语："没有了，一点记忆都没有了……"

如今，这潭城的房子高了，多了，旧房子几乎找不到了。好在阳光会偶尔光顾一下我的阳台，都说阳光在，温暖便在，记忆也就在。于是，心的脉络里，那些有点斑驳的旧城剪影，便在我眸子里安静地守候着这座已经起了翻天覆地变化的新潭城。

只知自己的人

这天我无端地想起三个毫不相干的人来，觉得很好笑，于是记下来。

第一位，就叫他画家吧！某天闲逛，来到一教书法的小店。说那店小，还真是小，十平方米不到吧！店里有一个用门板搭起来的，占据小店三分之二地盘的书桌。此时，一位八十岁左右的老“画家”在作画。我在店主热情的招呼下，进了店。

上台阶时听得店主问：“这鸡怎不见头？”

画家边挥毫边回答：“没头？这就画！”

我挤上小店，探头，一朵蔫蔫的花和几片脏兮兮的叶子，在花和叶子旁，看到伸出两条硕大颀长的鸵鸟腿。它们像是被一阵狂风吹来落在一张缺了两个角的破纸上似的，有点不伦不类。

很快，画家三两下就画出了鸡头。因为是写意吧，说那是鸡头，倒不如说是一朵小小的被霜打过的牡丹。

我有点忍不住就说：“怎么用一张破纸来画？”此话问出来后，顿感自己太不艺术了，也许人家追求的正是那种断臂维纳斯的美呢，或者这纸正配这画呢。

这时，画家已把画画完了，在那左看右看。店主殷勤地说马上就拿去装裱，过年时就可以挂起来。我却不合时宜地说了句："要有落款呀！"不想这话说恼了画家，他不客气地说："看就看，不要乱说话！"

被呛后，我在心里说："艺术不精湛，脾气却很大！"此翁不会真认为自己的画很好吧？听他说，在县老年书画活动上，卖出了几幅画，每幅二十元。还好一张画只卖二十元，要是卖出二十万，那我不是要被那股画风给吹下小店来了！

第二个，是在水南大桥上看到的。那天下午，一辆黑色的小车被同向行驶的三轮车给刮了一下，为这，双方都停下车来。开小车的是一位年轻人，骑三轮车载客的是一个四十出头的残疾人，他的一只手有毛病。残疾人下车看了小车一眼，二话不说上车想跑。小伙子反应快，冲上去把他车上的钥匙给拔了下来。那人也不说话，一下子就躺在桥上，边哭边两只脚拼命地蹬小车的门。坐他车的女孩看到这一幕，马上掏出十元钱放在三轮车头。这时，有人说，遇到这样的人也没办法。还有一小孩说，他在假哭！

小伙子拿出钥匙丢在他身上："算你狠！"那人看到钥匙，马上起身，爬上车一溜烟跑了。

身体残疾那是上帝的笔误，可是，如果心灵残疾了，那就是自己的不是了。你残疾，你贫困，这都可以理解，但是你损坏了人家的东西，最起码可以说声对不起之类的话，耍赖就成？逃跑就是王道？

第三位，是一位幼儿园园长，五十岁左右。某日饭桌上，有两位男士来敬酒，他们对着我说："来敬作家一下！"敬酒的人走后，哪想坐在我身边的女人却独自兴奋起来，喋喋不休地对着满桌的人说："他们叫我作家，哈！其实我还真是作家，平时写工作总结啦什么的，都是我自己写……”也难怪，一桌的人，就她一个女人出众，这女作家不是叫她，还能是叫我这个土得掉渣的乡下人不成？

我不知在座的人心里有没有笑，反正我是笑了。一个会写工作总结和校务日志的人就自称是作家，这个幼稚园的园长，真是幼稚得可爱！

上面所写的三个人，他们共同的特点就是太知道自己是谁了，太自以为是了。在他们的心里除了自己，似乎没有别人。

春天来了

我发誓，在这个春天，我要用文字示爱一片明媚的云，或一朵小小的毫不起眼的花。

岁月无声，时光会吞噬一切个体生命，只有春天能地老天荒地常在。可人生如沙，一只手能攥住多少春天？也就是说，一生能拥有几个春天？

故而，我愿用五百年的等待，五万次的回眸，来看花开、花落。

说实话，我一直想做一名身穿百花衣裳的春天囚犯，被美好牢牢地囚禁。

这个冬天，我站在岁月的岸边，将春的名字凝成霜或雪，封存在洁白无瑕的记忆里。而我会在静守的流年中，任如水的思念划过，我渴望那片属于春天的湛蓝与明媚。

故而在落叶飘零、大雪纷飞、天寒地冻、百孔千疮的日子，我会跑到向阳的山坡，开始拼命地想念春天，等待春天，盼望春天。我要在春天不经意的回眸中，等她。在春天匆匆而过的脚步声中等她，只要她的身影一出现，我就要拼命握住她手中的温柔和她眼中的色彩。我要努力地留住那一份温暖让它永远留在心底。

虽然，等春等得憔悴、孤单，但心里充满希望。我坚信一定会在千回百转中将流年浅望，幸福渴望。

只可惜，春在我看不到的山间密林里，在遥远的南方田野中，在无际的大草原或大海上，还没有动身来到我的身边。

二月，当我依旧怀揣着对春的渴望，独自一人行走在熙熙攘攘的街头时，无意间看见花圃里不知名的小草，挣扎着破土而出，小树上也长出嫩嫩的芽儿……我知道，春天来了，我听到了春的脚步。

春天温暖的气息和百花盛开的芳香就在我的不经意间，盛装降临！温柔的风吹拂着我的脸庞，湿湿的，夹带着花的香，掠过。抬头，远处的山绿了，水也绿了。春天正用绿悄悄地演绎出一个千娇百媚的世界。

城里的公园，到处散发着春的气息，萌动着春的希望。玉兰、木笔、桃花和梨花在争相开放，这么热闹的季节，却少了那种“小楼一夜听春雨，深巷明朝卖杏花”的古朴叫卖声。在人来人往的城市街头，看不到沾着雨水的杏花和卖花人的身影。有的只是花店里贵得出奇的据说是空运而来的鲜花。

春天来了，遍地都开着我梦中的花。一朵朵开满我的思念，我的爱。春天在我的心里，悄悄地播下了希望的种子。

我只愿春天像海枯石烂那样永远不变，愿春天盛开的花朵，永不凋零。纵使岁月飞逝，仍不肯舍弃那片心中洁净的似锦繁花！

野　菜

我是先认识田间地头里的山之野菜，吃了好多年后，才知晓《诗经》里也有许多我吃过采过的野菜。如此，那些看似平常的乡野之菜，因为长在《诗经》里，一下子就在我眼里变得雅致、文气起来。之后，只要一读起它们的名字来，仿佛口齿都能生香似的。

在乡村，特别是春天，野菜多得让人都数不清了。它们有荠菜，蕨菜，莼菜，野豌豆苗，苦菜……

野菜，在于它的“野”。天然的野菜，不管你喜不喜欢，也不管你爱不爱，都能蓬勃地长出风采，它的魅力来。

野菜中的明星要数荠菜，鲜肥嫩绿的荠菜历来都是人们瞩目的焦点。《诗经》里就有“谁谓荼苦，其甘如荠”的诗句。晋代夏侯谌的《荠赋》称得上是咏荠诗的佳作。“钻重冰而挺茂，蒙严霜以发鲜。舍盛阳而弗萌，在太阴而斯育。永安性于猛寒，差无宁乎暖燠。”最爱食荠菜的陆游，是这样写的：“日日思归饱蕨薇，春来荠美忽忘归。”美食家苏东坡赞美荠菜道：“虽不甘于五味，而有味外之美。”

野菜中的主角是具有仙气、更具野气的蕨菜。看着素朴、稚拙，乡亲们却说它是因天上下了七天七夜大火，被火烧得受不了而跑到山上去的黄鳝、泥鳅变成的佳肴儿。故而蕨菜吃起来清香滑润，清凉爽口，能品出鱼虾之鲜。不过近年来有些专家说这种菜能致癌，我一点也不相信这话，在农村，山民们于严冬挖来蕨菜的根，洗出雪样白的粉，一来可以做菜或当粮食吃；二来这蕨粉也是一种去毒的良药，不论是被黄蜂蜇了，还是被毒虫咬了，只要用它涂涂就能很快地好了……这样的山珍，有人硬要说它不好，就好比把一个大善人说成恶人一样，真让人无语。

春日的山上漫山遍野都是怯怯的“小拳头”，悄悄地从杂草丛中探出灰灰的头儿，张望春天的大好时光的蕨菜。迟迟春日，若看到有三两个妇人或小孩背着竹篓上山，那一定是去采蕨菜的。

“思乐泮水，薄采其茆”，茆是长在水中的，也叫莼菜，可以说是野菜中的美人。这种菜味道之美，美到可以让张季鹰辞官不做的地步。

春天，在菜市场，经常可看到一捆捆绿绿的、嫩嫩的豌豆苗出售，其味道也不错，可比起“陟彼南山，言采其薇”里的薇（野豌豆苗）的味道来，那可要差多了。当年伯夷、叔齐不食周粟，就是食它来维持生命。因为这两人，豌豆苗也可以称为君子之菜了吧。它们虽然柔弱，但不屈不挠的精神是值得世上得了软骨病的人学习的。

野菜大多微苦，吃它时要用素油，若不知，一不小心用了猪油，那就要糟蹋这天然的美味了。如皇宫里的妃子和大观园中的小姐们喜爱的油盐枸杞芽儿，这里的油若换成荤的，那就不能入口了。

别小看山里不起眼的野菜，它们最懂得与谁为伴，才能搭配出最美的味道来。

失落的月亮

月亮明媚，皎洁，纯净，是美的化身。斯琴表姐就是一个和月亮一样美的女孩。十七岁，早已出落得如花似玉，情窦初开的表姐爱上了一位男子，但她的父母不同意。正月她来我家，一件绿豆色的灯芯绒，衬托着那一张比梨花还纯洁的俏丽脸庞，愈加动人。我们在园子里一棵开满梨花的树下看花，她斜靠在梨树主干上，说起恋爱之事。那一刻，一脸的幸福与神往，仿佛心灵的翅膀已触到爱的真谛，都是地老天荒的誓言。她说自己看中的再穷再苦都与别人无关，哪怕是三块石头搭个锅也甘心……傻傻的根本不知情为何物的我，只觉得为一个男人这样死心塌地的表姐真了不起。

转眼就到了中秋，这年的中秋之月特别圆满。开始一片乌云把整个天空遮住，月亮迟迟不肯露出脸来。好不容易月亮出来了，一片朦朦胧胧的红，湿湿的，像一个受了委屈的女子躲在纱窗下哭红的双眸。怪怪的，看着没劲，我们一家早早地睡下了。半夜，睡得正香的时候，听见有人拼命拍打大门。母亲起床开门，来人急急地问斯琴有没有在这儿……不一会儿母亲来到我房间交代了两句要看好弟弟妹妹，就同父亲和来人匆匆地走了。

表姐失踪后，开始时，只在村子和亲友之间找，总以为她是跑到谁家里去玩了。后来山上、河边都找了，一直找不到。到了第二天下午，有个看牛的人回来说，两里外的河滩上有一双红色拖鞋，也不知是不是她的。大伙儿一起涌去，一看，正是斯琴的。那双红色的鞋，在白色的沙滩上是那样的悲伤和无助。除了鞋，沙滩上还留有一大片杂乱的脚印，其中一丛青草也被坐得蔫头塌脑的。看着这一切，大家强忍着悲伤，还希望有什么奇迹会出现，什么话也没说。只有秋水岸边的芦花，飘落，散在风中……

原来，表姐在中秋节傍晚，吃晚饭时因为一些琐事跟母亲吵了几句，就一个人趁着月色来到这里。在气头上的母亲以为她是躲到小姐妹家中去看月亮了，没太在意。到了十点左右还不见她回家，就到处去找。谁知，一家家问去都说没有，当时舅舅去放排不在家，舅母慌了，忙叫了几个本家，分头到各村亲戚家中去找人。

表姐的尸体在第三天下午才在双门峡那儿找到，捞起来时已严重变形，又肿又大。貌美如花的表姐，如繁华落尽的世界，一片荒芜，我痛哭了一场。我想在天堂路口的表姐，在风声渐起的刹那，一定会听见所有亲人的哭声。只是不明白她为何会这般决绝地离去。表姐十八岁的爱，停留在落叶的秋天路口，像搁浅的往事，遗落在一片凄凉中。从那以后，舅母变得沉默寡言，也不轻易出门。一到中秋，望着江天一色无纤尘，皎皎空中孤月轮的她，就会痛哭一场……

沧海桑田，人生变幻无常，天上那轮月亮犹如寒川，冰封所有前尘，包括表姐的爱情故事。每每月上中天，万籁俱静时，我会一个人静静地立在月光下，仰天而问：“表姐，你是不是与嫦娥在一起？”我们的思念，能不能飞过苍茫，抵达那一颗失落的月亮？

陈老师

记忆中教化学的陈根老师额头较小，下半部脸略大，长着一个夸张的大鼻子，样子有点像动画片《大头儿子小头爸爸》中的那个爸爸。

当然，陈老师最与众不同的地方是，他会打毛衣。这本是女人们干的活儿，他却做得风生水起。据说一家人穿的毛衣都是他一手打造的。这让少女时代的我们感到很是新奇！在那个缺少知识的年代，我们不学习文化知识，一大群女孩子却时不时地去问他毛衣的织法，就像七巧节时向织女乞巧那样。每每这时，老师总是不厌其烦地教我们。我们这些新手，在这编织高手的指导下，几乎个个都成了织毛衣的能手。从此再难再繁杂的花样也难不住我们，也可以说，强将手下无弱兵吧！

陈老师是教化学的，记得后来也给我们上过地理课。化学是一门枯燥的学科，没有什么人爱学。课堂上，尽管他讲得很卖力，我们也不听，还躲在下面做小动作，偷偷地钩围巾枕巾什么的。现在回想起那些虚度光阴的日子，只有一次次地读着“少年不知勤学早，老来方悔读书迟”来减轻内心的悔恨。

老师有三个小孩，一男二女，听说男孩在财政所工作，两个漂亮女孩呢，我不知道她们做什么工作。我在学校读书时，师母远在一所村小学教书，每个星期六下午回来，星期一早上去，拖儿带女的不容易。

有一次，老师送师母到大樟树那儿坐车，结果汽车很迟才来，回校上课迟到了。坐在教室里的我们，见他匆匆进来，十分抱歉地对大家说了一声对不起，然后开始认真地上课。记得那节课大家都听得很认真，大概是那句对不起，让我们这些不学无术的人感动了吧。

恢复高考后，老师调到一所距城里较近的学校，这样我就好多年没见着陈老师了，是一场大病让我们师生又见面了。那时，我住院，陈老师因中风住在我对门的病房。陈老师书教得好，对学生也好，在他住院期间，天天都有好多学生来看望他。因此，他的病房总是十分热闹，充满生气，弄得许多病人羡慕不已。我呢，有空就会坐在老师床前，陪他说说话，回忆一些从前的人和事。师生两人，就这样打发着那些沉闷难熬的时光。

住院的日子在一天一天的艰难中，在一滴滴药水流进血管的痛苦里慢慢腾腾地过去了。过了一段时间，老师终于能在师母和儿女们的搀扶下颤巍巍地站起来，在那条阴暗狭窄的走廊上走上几步了。望着老师一步一颤地走着他艰辛的道路，那种执着不屈以及积极勇敢地面对病魔的态度，好让人感动。后来情形稍微好些，他就出院了。

再次听到他的消息，那是好多年后的事了。在一个偶然的机会，听说老师已在几年前驾鹤西去，当时心里感到被什么割了一下似的，隐隐地痛了一下。

古老时光

马坑这个坐落在青山绿水间的小村，如世外桃源般，知道它的人不多，历史遗落在这里的一座古屋同样也默默无闻。金秋时节的一个下午，踏着柔软的阳光，走进那条两边有着高高封火墙的悠悠小巷，站在古屋前与之默默对视。仿佛千年旧梦，只刹那光阴，便邂逅在今朝。砖雕的大门上，喜鹊登枝，马上封侯的富贵，荷花牡丹等暗喻着吉祥平安的图案，让人倍觉温暖与幸福。

古屋在秋阳下闪烁着古瓷似的幽暗之光。这浓缩了闽北乡村历史原貌，有着明清建筑风格的古居，连同古老庭院，青砖黛瓦，以及雕刻着精致图案的照壁、门窗，尽管沉默着，却像一位历尽沧桑，看惯了人世风霜，心中装满故事的老人，安静地守护着古老时光。

古民居为三进结构，前后各有一个天井，两侧有几间厢房。虽然院落已经颓废，风华早已不在。但大厅中央摆放的一张长条供桌和一张八仙桌，和木制板壁上栩栩如生的精美雕刻，还是可以让人想象出曾经的辉煌。如今壁照上挂牌匾的地方空留下一块块暗淡的痕迹，如陈年的伤隐隐地痛着。好在这座经历了千百年自然与社会风雨，见证了千年风情的古屋，仍能较完好地保存着。

当历史由繁华到冷清，像一位美貌女子，渐渐退去往日的妆颜，古屋就这样被时光之手装订成一卷岁月，挂在小村心头之上。一阵带着果香的风吹拂而来，仿佛带来某些神秘的信息。在这古屋里待久了，会让人误以为，年华忘记了更换，岁月停止了流淌。

古屋里住着的是一位外地房客，养着成群的鸡鸭，让古屋保持着人间烟火的味道。房子曾经的主人是谁？富豪？名流？一切都不得而知。

想了解一下这座房子的历史，几乎问遍了村里的老者，都摇着头。或许真的不知道，或许他们都像这古屋门前的青石板，想用一种沉默的方式来讲述老房子的曾经。后来，费尽周折，总算找到了跟随儿子在别处生活的主人——一位近八十很耳背的慈祥老者。毕竟是大户出生的，老人识字，很多话都是用笔谈。他说房子是曾祖谢祥兴买来的，曾祖在当时是一位绅士，其他就不得而知了。

谢家古屋，一定还有许多不为人知的传奇，藏在那些经过古代匠人精工雕刻的花纹里，躲在细碎的人间烟火中。而那些有关古屋的历史就像是与尘世喧嚣隔了一道厚厚高高的防火墙，已将浑浊世俗过滤得干干净净。

其实，古屋的存在，就是一张最好的说明书，让人不必去猜想，看一眼就能明白它的前世今生。

身后菊花淡淡香

衰草荒烟，举目千里，肃杀、凄凉。心儿在辽阔的天地间驰骋，时而沉重，时而轻松。眼前展现的画卷：云淡风轻，旷野荒原，风呼林啸，落叶飘飘，寒鸦点点，四周一片寂静。怀着些许落寞与孤寂，带着朦胧的希冀走进旷野。

一丝忧伤，悄然袭来，如落叶般轻轻地散落满地，空气中，渐渐漂浮上一层淡淡的迷雾，若有若无，似在等待一个不期而遇的惊喜。

微风拂过，乡村路边的小树发出天籁般的声音，仿若窗前那串紫色风铃，悦耳、悠远、温柔，散文诗似的清隽飘逸。

晚霞中，一株淡紫色的菊花，在枯草丛中，醒目地摇曳着，姿势曼妙，成为寂静田园里最后一抹亮丽。无边旷野，弥漫着一种淡淡的香，心在此时莫名地湿润起来。蓦然间，感觉有丝丝的温暖滑落心田，像是天空里飘落下的阳光，穿过季节变换，滋润着一种柔软，于是，微微醉着。

那菊仿若某个美好故事中的寂寞女子，临风一梦里，正打马穿越大漠孤烟，长河落日。金黄的夕阳下，远远而来，叩醒眼前这一片沉睡的心灵！

原以为经历了太多人生风雨，早已看惯了世俗的云卷云舒，一颗粗糙的心，再也没有什么感觉了，可是一株菊细小的美，却在我精神的家园里蓬勃地生长、演绎着它的姹紫嫣红。

此时，不知是我站在这儿等菊，还是菊花站在这儿迎我，或者说是菊在等待红尘深处，一方缓缓脚步的踏响，一双明如秋水的眼睛来读懂她隐去了所有辛酸后，又层层包裹起来的似水柔情。

回眸的瞬间，于心灵的苍茫、落寞、无奈处，望见幽远的时光之下，披一袭暗香，藏万千心事的易安居士，正把酒临风。拂袖间，薄薄的青衫广袖里，纷纷落下一朵朵或红或白的花。顿时，一株株，一丛丛，浅浅出尘的菊，染黄了唐诗宋词的天空……

“人比黄花瘦”，“宁可抱香枝头老，不随黄叶舞秋风”，“采菊东篱下，悠然见南山”等诗句，在绮丽的晚霞中飘散开来。

凌霜而开，西风不老，一身傲骨，这些种在千年文字里的菊，古往今来让多少人徜徉、沉醉，又让多少人从菊的生命辉煌中感悟到秋的真正含义。

温暖的雪

昨天天气预报说有雨夹雪，也没太在意，好像下不下雪与我无关似的，雨噼里啪啦地下着，风呼呼地刮着，只感觉天特别的冷。吃过晚饭，早早睡下，一夜睡得深沉，无梦，记得母亲曾说过，夜里下雪是下棉花，特温暖。

清晨醒来，推开窗子，满眼苍苍的白。好多年没下雪的南方，雪还真的在夜间静悄悄地下了，而且下得不小。

带着几分说不清道不明的欣喜，走出家门。

一地风雪铺在眼前，耳边有静静的雪伐过的声音，簌簌往下掉的声响，让人心醉，沉迷。原来一座座青山，只看见一个轮廓。树木开着白花，草儿在雪底下青绿。山山水水，宛如淡墨画卷，朦胧又清透，煞是好看。

一个人就这样漫步在落雪路上，四周静悄悄的，除了偶尔雪掉落下来的轻微声响，空气里仿佛只剩下我的呼吸。或远或近，到处是琼花般的银色。走了一段后停下，站在一旁，看这个被雪灌醉了的世界，用心触摸一片片落在地上、树叶上的雪花。雪花，像洁白鹤羽，一点点一层层，装扮着水瘦山寒的世界。

冬是静默的，可这个冬季，却因这一场飞雪，多了一抹精致，一份惊喜。微微的风拂来，吹开树的雪影，绽开一片玲珑、轻盈、飘逸。

平时忙碌，没有时间去遐想，今天，放下所有的凡俗，借助空旷原野上的雪，让思绪独舞蹁跹。身边不时地，有阵阵风将弯下腰的草木掀起一角，而后又轻轻地放下，像是怕扰了谁的梦似的，小心翼翼的。

抬头，冰雪的世界里，积雪覆盖的山间，一居民屋顶上炊烟袅袅，因了白雪的到来，变得温柔可爱。远处是一条无语的江流，只是江上少了一个独钓寒江雪的老者。

雪是多情的，飘雪时，听风的声音，随香漫过，飞舞的精灵，轻轻抖落万千缥缈，仿若千树万树梨花的洁白，飘飘然然落在万丈红尘中，落在遥远的炊烟之上，是那样的美妙飘逸，轻灵而悠远。此时，我分明听见雪渐渐消隐的声音。

“风递幽香出，禽窥素艳来。”仿若有淡淡的香，不经意间穿过寒凉，曼妙地卷过冻得发红的脸颊。冰天雪地里会有什么香呢？一定是梅吧。于是，四下里张望，却怎么也找不到藏在雪野里的那棵暗香浮动的梅。

守一份清冷的心，轻醉。为那乘风洒落的冷艳，为那飞入心底的轻盈，更为那似有若无，悄然袭来的一缕暗香。于是，有了“清影伴人香，梅心清醒人”的诗句。淡淡的冷香，悄然栖息在枝头。或许聪明的古人，知道留不住飘香清冷的美丽，所以为我们留下了无数描写梅与雪的泛香文字。

这个雪日的清晨，大地因了雪的濡染而飘逸晶莹；雪因了地势的变化而起伏跌宕；心因了雪的滋润而飞扬……

与偷书学生的对话

因体弱多病，陈校长照顾我，让我管理图书和仪器。这活累虽累，但没有了教学上的压力。工作中唯一让我担心的是图书的丢失。为了便于学生挑选，几个书架都是开放性的。

这天，有学生来举报，说小梅偷了图书馆里的一本书。这还了得，小小年纪学会偷了，而且是监守自盗！马上叫她来。

小梅来了，怯怯的。这是个六年级的孩子，个头比我还高。她长得清清秀秀的，平日里安安静静的，做事也认真负责，听说学习也很努力。总之，我对她的印象一直不错，这样的女孩怎会干出这种事来呢？作为一个图书小助手，想看书有着得天独厚的条件，为什么还去偷？真有点不可思议。

“听说你拿了一本图书室里的书？”我直截了当地问。小梅点头。

“什么书？”

“《格林童话》。”

“拿去多久了？”

“上学期。”

“如果同学没发现，你会还来吗？”

她看了我一下，垂下眼："不会!"

"记得当初让你们来图书室当小助手时，老师说过的话吗?"

"知道。"小梅一直低着头，看都不敢看我一眼。

"重复一下好吗?"

"在这里，书可以尽情地看，但千万不能偷。你偷了，同学就看不到这本书了。"她声音小得我都要侧着头才能听得到。

"那你怎么还这样做呢?老师选你们来，就是因为你们都是好孩子，所以对你们一百个放心。小助手都偷书了，那些一下课就蜂拥而至来看书、借书的同学，如果想浑水摸鱼，我们还照看得过来吗?这样这图书室不是乱了套了?过不了多久，这上万册书不就没了?"

"老师，我……"这一声带哭声的声音，让我心里一颤。不能逼她太紧，否则对她是一种伤害，毕竟是个孩子，能不做错事吗?

记得几年前我曾写过一篇《做个麦田守望者》的文章，其中写过这样的话："这一刻，我觉得我就是那个停下脚步的霍尔顿：有那么一群小孩子，在一大块麦田里做游戏。几千几万个小孩子，附近没有一个人——没有一个大人。我的职务是在那守望，要是有哪个孩子往悬崖边奔来，我就把他捉住——我整天就干这样的事。我无法也不能守着成千上万的孩子，但我一定要守住眼前这几个。"

我要让他们健康、活泼地成长，让他们在小小年纪不会学坏，像一棵棵小树苗长成大树，做一个有用的人。

"能知错，就是好孩子。"

"老师，要罚多少钱，我回家时叫妈妈拿。"

"你说呢?"看到她一脸诚实，我又好气又好笑，"以前的老师是双倍罚，还要全校做检讨。”

“老师，罚钱可以，不要让我去做检讨好吗?”

孩子是有自尊的，惩罚只是一种手段而不是目的。“只要你表现好，老师一切都答应你。”听到这儿她吓得有点惨白的脸暖和了不少。

“下星期拿12元来，书本上标价就这么多。表现好了，毕业时来老师这儿拿钱。你还是小孩，不会挣钱。”

听到这句话，她的眼睛亮了，这也许是她没想到的结果吧。

“谢谢老师，我一定会好好学习……”

“记住，永远也不要做傻事！人世纷纭芜杂，有着许多诱惑在等着。”

女孩儿要像乡村路旁的素雅野花，怀抱素心，摈弃杂念，才能于疏烟淡雨中、心田阡陌里，芬芳长存……

野蘑菇也有名字

顶量级的蘑菇要算红菇了，我们这儿叫它朱菇、灰朱菇。红菇是稀有山珍，素有“中国纯天然高等野生山珍”之美称。因纯野生采集，产量低，营养价值和食疗价值又特别高，所以物以稀为贵。

这些被世人当成宝的红菇，在大森林里散发着幽幽芳香，有着豆蔻年华，出落得清雅高贵。生长成一地点点朱红，持久的馨香，缭绕在凡人的每一个细胞。

梨菇，色青，面上有暗色小点儿的叫麻梨，有碗口般大，很有分量。光饼梨，面平，青中带黄，如一块刚出炉的光饼。红粉梨，皮粉色，如二八佳人。梨菇易碎，像传说中的爱情，一不小心就碎得不成样儿了，让人心痛，让人惋惜。

刚采来的梨菇特好吃，又香又滑。那丝丝的滑，柔得如同月夜下的诉说，吃过后让人徒生许多念想。从前梨菇一文不值，如今的价格一路飙升，一斤菇干要卖到七八十元。

童年的日子，曾经被乡村孩子们肆意挥霍，那时，森林梨菇多得如叠碗似的，没人采它，看到了就当玩具，又扔又丢的，甚至用脚踩……如此糟蹋珍物，如今想起来都心疼。

奶汁菇，色如黄土，掰开菇体会流出如牛奶一样的液体。有白奶汁和赤奶汁两种，口感以赤奶汁为佳。肉较涩口，好在煲汤极佳，鲜美无敌。此菇不论是菇品还是口感，都与梨菇相去甚远。但它以一种平民化的价格，还是很受人们喜爱的。

满山红，就是苦菇子。这菇漫山遍野都是，所以又叫满山红。味虽苦，晒干后，煮时勾芡一些淀粉，如同苦瓜般别有一番风味。

蜂巢菇，这种菇较少，碰巧遇上几朵，放在梨菇或奶汁菇里煮，滑腻美味。

菇中的大块头要算榛肥。菇大肉厚，柄如鸡脚，菇面如榛子色，底淡黄，一按就显出青靛色。大块的一块约有一市斤，小的也有三四两。口感滑、绵、香，煮上一大锅，馨香四溢，阡陌红尘中，总能让人在记忆里来来回回地无尽回味。

“牛鼻管”，喇叭状，黑色，个小，韧中带脆，有嚼头。炒酸辣或煮米汤有种特别的香。这菇是成片生长的。

“白边子”，此菇外面一圈雪样白的边，里面却红得可爱。它和糖信子极像，只是糖信子的中间有个微微突起的顶儿，像一顶小小的红帽儿盖在菇面上。它们的味道都极甜，像放了糖似的可口。

“老鼠爪”，淡黄或肉色，一丛丛的，像珊瑚，炒着吃很脆。

不能吃的菇名有：烂手菇、“鬼伞”“石灰篓”“酸枣蕊”……

底处的幸福

一个偶然的机会，认得一位叫珉的美女子，三十岁左右。男人得了病，为了照顾他，她毅然辞去一份在小城来说薪水还算不薄的工作。

治病、手术、化疗，花去了所有积蓄。使得原来就不富裕的家更加贫穷。婆家对她，总是充满着莫名其妙的敌意。周围都说夫妻本是同林鸟，大难临头各自飞，说她会抽身而去，说她会无情地离开患病的男人。更有人说，灾难面前再美的爱情都会化作凛冽的风，把捉襟见肘的日子吹裂吹散。她心碎，悲伤，无助，难道自己所有的付出换来的就是这些风言风语吗？

男人继续病着，珉一咬牙，把住的房子卖了，还不够，还得到处借债。男人的命总算保住了，可是已丧失了劳动和生育能力。生活的艰难，枯草之上化成了叶落风雪的悲凉。男人不想拖累她，铁着心肠说："你已为我倾尽所有，趁年轻离开我去谋求一份简单的幸福吧！别担心，我生活还能自理。再说能看到你幸福，就是我最大的幸福。"珉不肯，男人以死相逼……

珉流着泪说："难道我对你所做的一切，我的真心，你还看不出我对你的情感早已超越生死与贫穷的眷恋？我永远也忘不了

我们初相识时的情景，那时百花灿烂，荡在心中的情意如星光点点，似暖风习习。你我之手盈盈一握间，给了我无比的温馨与浪漫。相爱后，一次风寒，你端茶送汤……如今你有难，我愿意一辈子为你铺床叠被，为你的欢乐而欢乐，为你的病痛而伤痛。我喜欢听你的歌唱，喜欢看你用粗糙的文字写出的心里话……如此我怎能离开你独自去享受所谓的幸福呢？”

如今，十几年相持着走过，他们站在春夏秋冬的头顶看云卷云舒，月落花开。红尘中，琐碎的油盐酱醋生活里，心贴着心，心润着心，让一种低处的幸福，酿造越来越多的平凡和快乐。

一袋苦瓜干

去年村子里有许多人种苦瓜，农民天一擦亮就开始到苦瓜架下采苦瓜了，八九点钟艳阳高照的时候，就看到一身汗津津的农民或挑或拉，把一担担的苦瓜运回村子。村子里有专门从别处赶来收购苦瓜的菜贩子。

每天都有被商贩打下来不要的，这些被舍弃的苦瓜在我眼里其实都是好得不能再好的，一根根水灵灵脆生生的好看得不得了。看着成堆放在那儿烂掉真是可惜，这可是花了多少辛苦才种出来的，若是拿到城里也是一样能卖到钱的，可是那菜贩子说不要就不要，丢了也不觉得可惜，因为他根本就没有流过一滴汗。于是我就拣了一些来切碎，用开水捞一下后晒干，以备青黄不接时吃。因为在这样的小山村里，我们常常是买不到菜吃的。

自从有了这一大袋苦瓜干做后盾，我心里甭提有多踏实了，每当同事担心早上睡过头而买不到青菜时，我总是信心十足地夸耀，我可不用怕买不到菜，我有苦瓜干，你们也别怕，真的买不到时我分一点给你们吃！那口气，就像家中囤有几千石粮食的大地主碰到饥荒年那样底气十足！

那一大袋让我自豪、让我高枕无忧的苦瓜干，一个月前还拿出来翻晒了一番，看那金灿灿的色泽，闻那一缕缕沁人肺腑的清香，当时心里还依旧是乐开了花，后顾无忧呀！

直到今天早上真的睡过头了，什么菜也没买到，心里还依旧是那般的踏实，想着我有储备的干菜，什么也不用愁。快到中午时，当我信心十足地在房间一角找到那一大袋沉甸甸的苦瓜干时，立时傻了眼，天哪，苦瓜干不知什么时候悄悄地变坏了，坏到我目不忍睹的地步！都说养兵千日用在一时，当初辛辛苦苦把它晒成干，为的就是在关键时刻能用得上呀！

那时的心情就像当年的祥林嫂不相信春天也会有狼来叼她的阿毛一样，我真的也不相信，放在能把人烤成烧饼的楼上，苦瓜干也会长出长长的白毛来？

看来生活中，永远没有什么高枕无忧的事。

一笺单薄的花事

静立着，目光抵达那些站在红尘之外，站在岁月深处的荷。只见那无边际的绿，数不胜数的花，绵延而去。此时，赫然发现，这些不加雕琢、浑然天成的荷，如一群衣裙飘飘的妙龄女子，她们为赴一场宴会，或为了一双怜爱的眸，如约而来。

阳光热烈地从头顶照射下来，全然没有半点怜香惜玉的柔情。眼前的花却毫不在乎，它们自顾自地开得越发红艳，一梦飘落，幽幽的香氤氲在旷野里。沉浸于这美妙之中，一颗心开始沉沦在茫茫的花海里。

会不会这花的笑靥里，亦有千般凄清？仿若是某种毫无道理的诱惑，一下子，淡薄的惆怅，如溪中的水，悄无声息地涌来：今生如唐诗宋词般平平仄仄的江南青石小径，记录着我太多太多的苦难与不幸。但愿来世，能做一株山间田畴里寂寞的莲。看诗人怎样在我面前徘徊吟诗，大气磅礴的画家怎样用他的丹青妙手，画出让人叫绝的一幅幅图画。闲暇时，等待《浮生六记》里一个叫作芸的女子，夕阳下袅袅婷婷地走来，用小纱囊撮茶叶少许，置入花心，借我一笺单薄的花

事谱入盛夏的馨香。

或把一生奔腾的激情，叠放在柔媚的花蕊中，盛放绚丽，让灿烂的笑容网住万千心结，对着一弯挂在星空的月，缓缓述说。前尘往事就这样如水云般消失。从此，平淡岁月有了妖娆，有了美妙的想象和憧憬……

爱是利刃

第一次看《泰坦尼克号》，为富家少女露丝和落泊画家杰克的一场惊心动魄的爱情而深深感动。

影片看过之后，幽蓝的大西洋上晚霞漫天地绚丽着。杰克和露丝在“泰坦尼克号”船头迎着海风飞翔的画面，一直在脑海中演绎着永恒！那画面给我的感觉是无言的动容和内心的震撼！

《泰坦尼克号》像朱丽叶与罗密欧、梁山伯与祝英台，完成了现实中无法实现，也难以实现的生离死别的爱情之梦。

今天重看这部经典，却发现某种感受已悄然改变。也许年龄不同，经历不同，对事物的看法就会有所不同吧。对那些扣人心弦、惊心动魄的画面，少了一种好奇、疯狂和兴奋，多了一丝思考与追问。

当看到杰克好不容易让露丝坐上救生艇，而不想与深爱的人分离的露丝竟从小艇上奋不顾身地跳到船上，心里一个劲地生露丝的气：好个笨女人，你这冒死一跳，害死了你的杰克！如果露丝也像其他女人那样坐着救生艇离开，那么她的杰克就不会死。躺在那张精美雕花木板上躲过死亡一劫的人就是杰克，而不是她。

有时候，爱是利刃，足以毁掉深爱的人。这一点露丝不明白，杰克更不明白，连我们这些热爱影片中男女主角的观众也深陷其中。

风雪中的一碗粥

那时粮食紧张，常常饿肚子的竟是种田的农民。一到冬天农村就比较清闲。这时，为了省粮食，几乎家家户户都吃粥。

这年的腊八，母亲像往常一样着手煮粥。当然这天的粥跟平时有点不一样。只见她把大米，糯米，豆子，地瓜，盖菜，几粒花生米，一小把榛子和起来煮了大半锅粥。

这天天太冷，外面飘着雪花，一家人窝在家中烤着火。粥煮熟了，天还没有黑，还没到吃晚饭的时候。早已饥肠辘辘的我们已等不得了，拿起碗，揭开锅。清楚地记得那一股扑鼻而来的香味，让我真想一下子跳进锅里狠狠地吃个饱。那时的肚子也不知是怎么回事，总也吃不饱。小小年纪要有两大碗的粥才能勉强填得饱。忙碌的母亲看着我们狼吞虎咽地喝粥的样子，既心疼又爱怜，一再说："别慌，慢慢吃。"父亲则说："别喝太多，喝多了也是压床凳子脚。"那时村子里流行这种说法，我们都知道，父亲是怕还没动身舀粥的母亲吃不到粥，我们这儿，一天的饭是早上就做好的，吃到晚上，饭被吃光了，母亲只能饿上一晚。

就在我们父子几人稀里哗啦地喝粥的时候，虚掩着的门被推开了，一股强大的冷风带着雪花连同一个浑身包裹在破布里的人也一起吹了进来。来人只露出一双眼睛，一手拿着一根打狗棍，一只枯黑的手伸出一个破碗，哆哆嗦嗦地说：“行行好吧！”我向来怕乞丐，边喝着粥，边要父亲把他赶走，母亲忙说：“别赶别赶，大冷天的，让他喝一碗，暖暖身子吧！”

乞丐听母亲这么一说，马上说：“好人哪，好人！我走了大半个村子都没讨到一口吃的。”父亲边舀粥边说：“这年头大伙儿都不容易啊！”

一碗滚烫的满满的粥，乞丐站在那儿，一下喝完了，像是倒进嘴里去似的。本以为喝完就会走，哪想那人不走，眼睛还直勾勾地望着父母，贪得无厌的样子让人生厌，可善良的父母却异口同声地问：“还想要是不？”那人竟然恬不知耻地点了点头。这回父亲不动了，母亲放下手里的活，给乞丐又满满打了一碗，我忍不住说：“这乞丐太贪心了，不知别人……”母亲一下捂住我的嘴，不让我说，指着乞丐：“你看，你看，他没喝。”

乞丐千恩万谢地端着碗出去了，母亲跟到门口一看，原来外面还有一个老太太。母亲回过头来，把锅中所剩无几的粥都送了出去。

那一晚，母亲饿着肚子过夜，睡觉时我还在愤愤不平，母亲说：“饿一顿没事的，那风雪中的老人，如果没有吃的说不定就过不了这个夜晚了。”

穿越时空的情缘

月云与涛明的感情发生了危机，没多久就分道扬镳了，两个人结束了那场轰轰烈烈、浓情依依的恋情。他们分手，都是距离惹的祸。涛明远在常年积雪的北国边陲守卫着祖国的北大门。月云在一座小城当老师。看到平日里别人成双入对，月云心里开始不平衡起来。因一件小事，月云一气之下十分决绝地提出了分手。涛明的心就这样被撕碎成片片。

为了挽回这段让人刻骨铭心的爱情，涛明做了很多努力，可是一切似乎都只是徒劳。月云对他的真情理都不理，爱情始终没有峰回路转的余地。转眼中秋节就要到了，涛明的心里又是一阵的疼痛。中秋，月圆，可自己却形影孤单。这过的是什么日子呢？这天夜里，他在电脑上漫无目的地看着，鼠标不经意一点，眼前突然一亮，那一刻，他似乎看到了绝处逢生、破镜重圆的希望。一件深蓝色蕾丝小翻领的套头T恤，优雅地在他面前展示着，连穿衣的模特也特像他心爱的姑娘。

云想衣裳花想容，女人都喜欢好看的衣服，平时她最爱这牌子的衣服了。谈恋爱时，为了让她高兴，他送过好多款这种衣服给她。每次收到衣服，她都欢天喜地的，真傻！自己怎么就忘记了这事呢？这一刻，好像是冥冥之中爱神的召唤，让他再次看到了希望，看到了胜利的曙光。他马上在网上买上一件，把所有的爱都折叠着一起邮寄出去。做完这一切后，涛明在心里喃喃着：月，你若欢颜，我便心安。

打开夜的窗，明月璀璨，一地清辉。中秋节傍晚收到快递的月云，手捧衣服怦然心动。月亮升起之时，穿上那件充满爱意的T恤，坐在月光之下，要怎样给他一个惊喜呢？这时，似有一帘幽梦，在心间荡起涟漪，半醒半醉间，仿佛涛明正从洒着月光的千万朵玫瑰花瓣上向她走来……

她转身打开QQ，看到他的头像正在一闪一闪的。刹那间，那颗疲惫不堪、脆弱的心温暖如春。一阵轻风从窗外飘来淡淡的花草清香，立时周围洋溢着醉人的芬芳，原来被幸福包围的心情，是如此的美好。

清秋如水，月华满地，时光漫过指缝，每敲打一个字，总能触动心弦，总是那样情深意浓。他们在字里行间徘徊着，沉迷着，享受着。飘荡的心声，穿越时空隧道，抵达两颗年轻的心房。

坚强的苦楝树

教室后面有一条依山斜斜而去的泥巴小路，路边长着一棵苦楝树。那棵树，每到春天就会长出一片葱茏的新绿。晴朗的天气，阳光照耀着，树的叶子给空地投来一地斑驳的影子。小鸟在枝上欢快地跳跃，时不时传来一阵阵悦耳动听的叽叽声。风吹雨摇的日子，雨滴落在树叶上，叶片闪闪发亮，阳光一出来就会发出光彩夺目的光芒，犹如深夜天幕上的星星点点。风儿吹过，满树星儿纷纷簌簌而下，美妙无比的情形让你有如置身美丽的童话之中。

某年冬天，我得了一种怪病。而那棵苦楝树，也不知被哪个对树有深仇大恨的家伙，残忍地剥了一圈皮。树干露出一节一尺来高的耀眼白色，目不忍睹。都说人要脸，树要皮，没皮的树，明年春天还能活吗？这样想着，这一切，仿佛冥冥之中，上天刻意安排好似的，那一刻，我惊骇了，青葱的生命在无情的病魔面前，就像这被剥了皮的树，活生生地被剥夺了生存下去的权力，为此内心一片悲凉。

那时，我生命的全部内容就是辗转于各个医院，吃母亲找来的各种各样难以下咽的民间土方。母亲总是说："孩子，放心吧！

过了这个冬天，你的病就会好的！”母亲的话与我心底里的那个对苦楝树命运的猜想，是如此的巧合。

草长莺飞、花红柳绿的日子终于来了，可我的身心还是困于病魔深深的魔爪里无法动弹。万念俱灰的我，时不时去看看那棵树。在我心里，那是棵能决定我命运的树。我看见，当所有树都开始枝繁叶茂起来的时候，那棵苦楝树却一点儿动静也没有，一点儿嫩芽的影子也不见。此时，我感到心里一片茫然，独自苦着，叹息着。命运呀！你逼得我无路可走了。人在走投无路时，许多苦涩的念头就会不知不觉地从内心深处源源不断地冒出！

反正都这样了，还能怎么样，等着那一天就是了。于是，不再配合治疗，躺在床上，纷繁的思绪中，那棵树残败的影子却异常清晰地跳出来，如鬼魅般，在眼前招摇着，狰狞着。每当这时，我总好像是躲藏在树的阴影里，静静地等待着掌握某种神秘命运的那把钥匙打开，把我拖进空荡荡的时光深处，或强行带到另一个完全陌生的世界，那是一个永远也不用受苦的世界。靠药物喂养的我，已日渐不成人形，我断定，看来我的生命和那棵树一样，是熬不过这场劫难了……

这时，我连走到那棵树身边去的勇气也没有了，怕看到那个惨境，又要伤心一场，日子就这样在极其难熬中度过着。每天，都像是在喝一碗极难下咽的苦药，那苦通过我的苍白的唇，一点一点地汇聚在心里，越聚越多，越聚越厚，多到某一天无法承受之时，也就是……

一天，忍不住回首，蓦然，惊喜地发现，苦楝树的枝头，已经钻出了星星点点似有若无的小芽芽，淡黄淡黄的极可爱。这些新长出的芽芽，好像在对我浅浅而笑，又好像在说：“朋友，你看我不是挺过来了吗，相信你我都能在这场天灾人祸中胜出的！”

那一刻，感觉寒冷如冰的心，有丝丝的暖，悄无声息地漫过来，漫过来，就像春水流过冻僵的土地，土地里种子在发芽，生根，长叶，一瞬间，花朵次第开放。

可仔细一看，树上叶子分明没有头年的多，也好像没先前的大，疏疏的，让人好生可怜。在一种无言的默契下，树和我就那样半死不活地走过了春天，苦撑了一个漫长的夏天。还没等到秋天的到来，苦楝树就早早地开始落叶。此时，我一头秀发也开始大把大把地脱落，特别是每次洗头，一盆清清的水面上，一片黑压压的头发，望着这一切，心在无言地痛着……看来苦楝树气数已到了山穷水尽的地步，再也没有妙手可以回春了。我呢，是不是也该离开这个多灾多难的世界了？

第二年春天，所有树木都生机勃勃、热热闹闹地活着，那棵苦楝树却彻底地死于非命了。它那直指苍天的干枯树枝，好像在呼喊："天呀，为什么不让我活？不让我与人类相安无事地活下去？"可在这冷漠无情的世界里，天色始终苍茫着，吹过原野的风散发着一阵阵苍凉，蓄满了某些不可名状的忧伤，四周空空荡荡的，像极了一颗苍凉在春天里的心。尘世间，从活着到灭亡，这其中有多少伤，多少痛？有谁会听得见一棵树的呐喊，或一个无助之人在深夜的深深叹息？

一个吹面不寒杨柳风，沾衣欲湿杏花雨的日子，心如死灰的我，在那条曾经颇有诗意的小径上无精打采地走着，我要去向那棵早已死去的树做最后一个告别。我疲惫不堪的身子斜靠在树干上，远方是永不褪色的座座青山剪影，天际似乎传来一声声哀鸣，太阳好像一个大大的伤口，鲜红鲜红的流着无人能看懂的血。

低头，无意中发现了那棵枯死了的树的秘密，在那被剥了皮的下方，早已长出十几根拇指般粗的枝条，它们在我眼里脆生生地绿着，像初生的婴儿般娇滴滴的。我被这景象惊呆了，生命的葱郁与枯萎，在眼前瞬间交替着。

这些枝条仿佛不是从那树兜处长出来的，它们是从我心中最柔软的部位长出的，一枝枝一条条是那样的充满生机，充满着蓬勃的活力。苦楝树呀！你承受了多少黑暗与苦难，以顽强不屈的精神赢取了一个属于自己的春天，此时，我真切地感受到那来自生命的呐喊。

绿意是尘世间最美的芬芳，浅淡的阳光里，我看到整个春的色彩，如此清晰而又碧绿盈盈！顿时，我觉得整个胸腔都春意盎然、鸟语花香了……

抱着那棵死而复生的苦楝树，眼泪像一泻千里的黄河长江，哗啦啦地直流而下。树呀，你顽强、勇敢，让卑微而脆弱的生命，在经历了无数的灾难之后，演奏出一支支华美的乐章。

大历瀑布

说起大历瀑布，那可是我的后花园，那时候每年都要到那儿去几次。当然，并不是专门去欣赏瀑布美景的，我是一边做我要做的事，如采方笋、拾酸枣、拣米珠等，做完这些之后，又有多余的时间，就会特地跑到那儿去看看那瀑布，就像去看望一位多年的老朋友那样。一到那我们就迫不及待地在天底下最清的水里洗洗那布满尘土和汗水的脸和手。记得有次同行的小霞看着那清清之水突发奇想，要像七仙女那样洗个澡，不知是谁吓唬她说你洗吧，等会儿来个牛郎，把你衣服抱走，看你怎么有脸回去！这俏皮的话引得大家一阵开怀大笑……后来，生活的艰辛让我把那份美丽彻底忘却了。

今年夏天，有个叫“捞月亮的猴子”的人，跑到那儿去，拍了一组照片，这就像陈逸飞画的周庄双桥那样引起了好一阵的轰动，只要看了照片的人，都对大历瀑布的美垂涎欲滴，希望有机会能一睹那养在深闺人未识的大历瀑布的芳容。我也是看了照片后，那瀑布以及周围的景物才在记忆的深处慢慢复苏：

如果是秋季去，那么，沿一条弯弯曲曲的小路而去，那路的尽头就是你要看的瀑布了。行走在这样的山谷里你会发现，这儿的空气格外的清新，阳光格外的明媚。每走一步，都会有带着香味的雾气扑面而来，给你一种飘飘欲飞的美妙感觉！

路的两边是绵延不绝的苍苍群山，中间是叠叠而上的梯田。在那有低着金灿灿头颅的稻穗和田埂上鼓鼓的泛着诱人光泽的豆荚，走着走着，时不时还有一大片挂着碧绿或鲜红橘子的橘林映入你的眼帘。或者，冷不防还会有圆滚滚的酸枣铺一层惊喜在那儿，等着馋嘴的你拾起一枚来放进嘴里边走边慢慢尝着……

这些植物和美味的果实，它们在这儿各自拥有一片属于自己的秋天，争先恐后地向走近它的人们展示那骄人的风采。把名不见经传的山谷点缀得如诗如画，让有机会走进它的人惊叹不已！

再走一段，走进更深的森林里。你就会情不自禁地朗诵起小学课文里学过的那首诗了。还没看见瀑布，先听见瀑布的声音，在一阵由远而近的轰鸣声的引导下，呈现在眼前的就是至今也没有名字的大历瀑布。低头只见，盘根错节的树根满地虬生，抬眼一望，傲然挺立着许多叫不出名字的巨大树木，千年古藤肆无忌惮地缠绕其间。最动人的是，那刀劈斧削的悬崖峭壁上，一帘水儿，在跌落碰撞中溅起无数碧玉般的水珠，如天上蛟龙翻腾，似银河彩练飞舞，它们以一泻千里的果敢无畏精神奔腾而下。大有李白“飞流直下三千尺，疑是银河落九天”的气势！这阵势一定会让所有抵达它身边的人在瞬间变得目瞪口呆，谁都无法想象，在这样一个毫不起眼的地方，竟然藏着一道默默无闻的瀑布！此时，往往会让你有种恍若误入童话世界的感觉……心极静，红尘中所有的纷纷扰扰都归于身后，记忆中贮存的故事，穿过岁月的风风雨雨，随山间缥缈的云烟纷

至沓来……

站在瀑布下，我常常会这样想：这瀑布的形成是命运中的劫数，还是粉身碎骨如凤凰涅槃后的新生？如果我也能像眼前的瀑布般，有着坚韧不拔和不屈不挠的勇气，在隐去生命的所有苦难后幻化成一股清清溪流，向前欢快而去，多好呀！

夜是因了黑暗才美丽

当夜色把整个世界罩住时，那撒落天宇的疏疏星光加上乡村的稀稀灯火，还有那一声声不绝于耳的蛙鸣虫叫，使得朦胧夜色在静谧中弥漫着一层神秘色彩。面对此景，不由叫人惊叹：夜是因了黑暗才如此美丽。假如没有这黑暗，也就无法去体会这种美了。

我们的生活中，如果不幸遇上了另一种黑暗，这黑暗不论对谁都可能是灾难，没有人会对它产生一丝一毫的神往之情。这生活中的黑暗对于意志软弱的人来说就是人间地狱、世界末日。他除了在黑暗中无可奈何、听天由命外，只能任自己永远深陷黑暗之中不能自拔，最后成为黑暗的俘虏，心甘情愿地让黑暗把自己囚禁一生。而生活中的强者，他是绝不肯屈服于黑暗的淫威的。他能在与黑暗的搏斗中吸取力量来增加勇气和信心，让自己愈战愈勇，直到最后的胜利。同时，强者会在同黑暗的斗争中体会到弱者无法体会的快乐。

弱者害怕黑暗，是因为黑暗很快就能把他消灭。强者却要反过来感谢黑暗，因为有了黑暗，他才有了奋斗的目标，才有了去为之拼搏抗争的理由，他的整个生命也因此而变得充满活力。

一杯香茶

从来只喝自家生产的水仙茶，对产于隔壁政和县的白茶只曾听闻，未曾品尝。直到有一天到了政和，因长途跋涉后口渴难忍，宾馆的茶几上恰好有几包茶叶，就随手泡了满满一杯，一口气喝下肚，立刻，一种从未有过的感觉让我浑身一震！什么茶有如此的魅力？原来是政和白茶。

打开电视，正播着白毫银针的传说，柔美的声音，仿若穿越远古而来的茶树在向我娓娓诉说着，银针姑娘历尽千辛万难采来洞宫山龙井旁的仙草，救黎民于苦难的故事。从此，白茶特有的清香和它能治百病的神奇，就深深地留在记忆里了。

回来后心里老惦记着白茶的幽香和有点醉人的醇厚，就对自己说，有时间也学学文人雅士们仔仔细细地品一回茶，体会一下茶的另一种喝法。于是，一个阳光明媚的平静日子，认认真真地为自己沏上一杯茶。

一注沸水冲下，那些白茶仿若一群灵动的仙子，在微波中轻舞霓裳、淡书春色。望着起起落落、叶舒叶展、不急不缓的茶叶，隔着时光，寂静里，心开始走进只有政和才有的古色古香的茶灯戏里去了。遐想着：也许手中的这盏茶正是那盏令龙颜大悦后，特将年号“政和”赐给官吏用作县名的茶。

沉浸在淡淡茶香中的我，一向拘谨的心也随之舒展。沉醉中轻轻闭上眼睛的瞬间，好像有一双温暖的手，携一缕远古婉约之风，牵着我飘飘衣襟，向前缓缓而去。那一刻，我身姿轻盈地穿高山、渡溪流、跨越弯曲小路，来到一片青翠茶园，同采茶女子一道采摘新茶。顿时，手指摘出缤纷，阳光鱼贯而入，嫩叶绕指，淡淡的香顺着掌心慢慢地散溢开来。

静坐在木格窗前，疲惫的身心、莫名的苦涩、零乱的思绪，就这样被茶香之手了无痕迹地抹去……

蓝蓝的天幕，一些淡淡的白云，如微澜的心事，铺陈在那儿，让微风慢慢聚拢。微凉的唇齿，浸润百味人生的茶汤，一杯茶香盈盈，一腔思绪淡淡。顷刻间，好像褪尽所有劳顿和困苦，不安的心变得安然明净。

幻若桃花三月情

一

打开三月的大门走进原野，望着时光带来的美丽，一大片清丽的桃花，等待着我的到来。

在这馨香如梦境般的环境里，暂时忘记了尘世的苦难与忧愁的我，仿佛消失了，变成了一朵粉红色的花儿，随着一阵又一阵的风儿，许多有关桃花的前尘往事就在这时睁开眼睛醒了：

一本珍藏了几千年有点泛黄的书，轻轻地被时光之手刻意地翻到某页，跃入眼帘的是一首浸染了古代文人生命和鲜血的诗歌："桃之夭夭，灼灼其华，之子于归，宜其室家。"这是最早开放在《诗经》里的桃花，此时是那样的鲜艳夺目。那个和桃花一样风华绝代的女子，依旧是那样的娇柔、轻盈，那样的妩媚、热烈。让多少人为之迷醉呀！桃花，这梦幻般的桃花！

明媚的阳光下，随着暖暖春意在身体里缓缓流动，远远地，我看见一位青衣素裙、明眸皓齿的青涩少女，静立在一株三月灼灼桃树之下。轻开的柴门，一条淡青色的石板小路上，走来年轻瘦弱的诗人。花下曼妙的少女，人面桃花相映红的一幕，让路过的诗人蓦然回首时怦然心动。他不由自主地顺着那条充满馨香的小路走进了那个将一辈子种植在他脑海里的美丽桃园……

来年桃花盛开的季节，诗人再度前来探访时，却只见桃花不见美人了，那一刻诗人把所有的遗憾全写在了“人面不知何处去，桃花依旧笑春风”的诗句里去了。于是诗中流露出的日夜思念，一种怅然若失的感觉，就那样久久缠绕在唐诗的上空不肯离去。诗人无法知道的是，他眼中美丽生动如桃花般的女子，那一刻正活色生香地开在枝头，随风而飘的彩衣里，也缕缕溢出淡淡惆怅……

如果说崔护的桃花只是青春少年腮边一抹羞涩的红晕，如烟如雾般缥缈迷人。那么有关桃花夫人息妫的故事，则是深锁眉端的无奈和深藏内心的凄凉与冷酷了。这样的桃花带给人们无法言说的凄婉，又怎能是几句诗能涵盖得了的呢！

桃花多情，世间又有多少如桃花一样的女子呢？她们生命的花蕾在沐浴日月精华之后，悄然无声地在洁净的旷野妍妍而放。然而，当这些可爱的花儿，这些美丽的生命，遭遇一场或几场无情的风雨后，就不得不把一腔热情，粉红色的梦，以及对美好未来的无限憧憬都化成纷纷落花，飘落尘土，零落为泥，成为一段时间的伤，留在岁月的枝头永远也无法抹去。

这些带着桃花夫人风骨的桃花，有《红楼梦》里碧血染剑，香消玉殒的尤三姐。那一刻，当她化作缕缕香魂随风而散时，身后的桃花忍不住纷纷落泪，凋零满地。三姐洁来还洁去的刚烈，又岂是污秽、流言，所能沾污得了的呢！

这些带着三姐刚烈，带着林妹妹傲骨芳魂、染着李香君鲜血的亮丽花朵，在年年的三月，都会相继从遥远的天际赶来相聚在枝头，或悲或怒地向世人诉说着红颜薄命的不幸。

桃花是否在告诉我：世间所有美好的东西，是极容易招致无端戕害的。

二

“隐隐飞桥隔野烟，石矶西畔问渔船。桃花尽日随流水，洞在清溪何处边。”张旭诗中的“洞”就是进入桃花源的洞吧。

穿过那些尚未完全泛绿的枝条，行走在陶渊明为自我虚构的桃花源中，园里点点花瓣正无拘无束地随风飘洒着。

望着眼前令人心碎的一幕，我心忽然有点潮湿，这些躲在日子深处的花，开放时静静坐在春日的心尖之上，观赏着云卷云舒，观赏着星辰变幻，是那样的无欲无求，那样的安静恬淡。花谢时，飘舞着坠落的花瓣，像是急急去奔赴某个约定似的，毫无惧色。这灿烂的花是否正是人禁受不住的宿命？难道卑微的生命就像桃花一样艳丽，又像扑面而来的风一样的苍凉？

拾阶而上，脚不由得小心翼翼起来，深恐践踏了这满地的落红。这馨香得如梦一样的小径呀，我满怀的心事呢，是不是也随着片片桃花落入清清的小溪中漂走了呢？

此时，我驻足在一株桃花前，为她的香艳迷醉。不知这与世无争的桃花，会用怎样的心情，看待一个来自尘世的落魄者？带着一身疲惫，艰难地奔走在生存和梦想之间的我，能否读懂这些远离尘嚣的精灵之语呢？

面对这桃之夭夭，爱怜之心油然而起，轻轻地拈起一朵，放在唇边嗅着，吐气若兰的桃，软软地栖息在我苍白的嘴边。缕缕香气轻轻一吸就直达心脾。不想一阵风吹来，吹乱了我的头发，也吹走了手中的花朵。

那朵桃花消失无踪了，也许它已混迹于脚下的落红，也许早已飞入山涧之中，就如杜十娘轻轻纵身一跳般，肮脏的尘世就再也寻觅不到她的芳踪了。也许生命的悲凉也如刚才手中的那朵桃花一样，有着不愿触摸的隐痛。顿时，一种怅怅的感觉如下弦的月凉凉地漫了上来。我能做的，也只有为这参不透的岁月沧桑，为这理不清的心事薄凉发一声轻叹！这幽怨的一叹，犹如桃花粉骨碎身的柔情，将忧伤诗句撒落一地般纷纷散开……

不知何时，箫声从远处悠悠飘来。一时间，纷飞的桃花生动起来。它们一片片如轻纱般，紧紧将我包裹，直裹得我无法动弹、不能呼吸、没有知觉。让我就这样安静地睡去吧，在这没有污染的世外桃源，美丽而干净地离开可恶、污秽的尘世，是一种莫大的幸福！

在那儿，或许有座从未造访过的花园，真正的世外桃源。草儿青绿，花儿绚丽招摇，尽显其娇媚。更让人神往的是，那儿没有倾轧，没有冷酷，更没有尔虞我诈、世态炎凉。历经几千年风霜却风华依旧的婉约女子缓缓行走其间，她们时而回头一笑灿若桃花。于是，我也突然笑容灿烂起来。

秋天的边缘

一大片被大水冲成寸草不生的乱石滩，有着戈壁似的荒凉，淡而暖的阳光铺陈在一地的石头上，如碎了的心事，一块块，一堆堆。站在这寂寥山村的秋天边缘，红尘里的春恨秋悲，被眼前的苍凉渲染得微微发黄。

冰凉的风穿过发梢，像夜幕下的露珠，顺额角缓缓而去。远处鬓发如霜的芦苇，似沉睡千年的美人，刚刚醒来，正对着一汪清幽河水，整理发髻，端详着苍老的容颜，它简直无法相信，这一夜之间的骤变。苇的一生，让人多少感到些许生命的无奈。

乱石滩边，一株纤弱小树迎风而立，细碎的花，秀秀的紫色，带着不畏艰难的笑容，在我面前卓然绽放，有点儿像“巧笑倩兮，美目盼兮”的女子。我的心似有一股暖流经过，在旷野，这也许就是一段绝美的神话吧。

出于好奇，原本要侧身而过的我，停下，细细地看这花。一块大石挡住了一些细细的泥沙，这不知名的花就在这儿扎下了它的根，也不知是小鸟带来的种子，还是大水把它冲到这儿？或者这儿就是它祖祖辈辈的家，被一场声势浩大的流水带来的石头占领了，于是，它不得不艰难地生长在这石缝里头，守候着这一片宁静。如此娇嫩、孱弱、渺小、无助，没有理由不让迷茫的我心生爱怜，伸出手很想为它遮挡一下这秋日的清寒。我知道，这花要是开在万花丛中的春天，一定是毫不起眼的，更不会有人为它动容。看来花不一定都要绝美，而要看它开在什么地方，开在什么时候，人也一样！

那花有点像葛藤的花，细细碎碎，一串串的，叶子如花蛤的壳，呈小小扇形，碧绿碧绿的，似乎很轻易地就能让人读懂那一份来自心底的倾诉，又好像是母亲的叮咛，必须小心地拾起，仔细地珍藏，然后在一个寂静无人的午后捧出来，阅读那份难得的温暖，来抚慰一颗在生活的风口浪尖里容易受伤的心。

一阵似有若无的香飘然而过，像是哪位女子不经意间隐藏在红尘深处的芳菲，谁遗落的柔情似水，正不着痕迹地从心尖上划过，伸出手，很想抓住一缕。

身后的时光，随不远处清清的河水，悄然无声地逝去，在这叫不出名的花香一丝一缕的浸润中，仿若有一种理想，一种精神，一种叫坚强的东西，穿越梦境拂尘而来，于是，心开始飞过田野，飞过丛林，飞过那条看不见的河流，游走在纷繁的尘世之外，冷眼旁观人世间春夏秋冬的更迭。

此时，我似乎顿然醒悟，岁月里的冷暖，真的无关风月，无关心情，也无关尘世的一切俗事纷扰……如此，原本有点僵硬的心，竟变得柔软淡雅起来。

一片灿烂的杜鹃花

窗外是沉静优雅的蓝天，教室左边窗棂上，斜斜地插着一支火红火红的杜鹃花，讲台上，也很随意地放了一丛。两束相互呼应的花，一任春意萌动蔓延，在教室里心无杂念，泼辣奔放，恣肆着。那花朵干净、纯粹，从骨子里冒出的热烈，让我一下子也跟着明朗起来。

小时候，我喜欢映山红，每每见了，总要折上几枝。就是上山打柴，也不忘要折一枝杜鹃花，边走边咀嚼酸溜溜、甜滋滋的味儿。回家时每人的柴把上各插一大把杜鹃花，就这样挑着一肩的美丽，在蜿蜒曲折的山间小路上招摇着，唱着山歌。

杜鹃花盛开的季节，我特地去赴杜鹃花之约。走进旷野，抬眼望去，群山之上，东一簇，西一丛，红红的杜鹃花，烈烈春阳倾泻而下，渐次在青翠丛林间温暖明亮起来。那些充满野性的花朵，无比热情地向四周青山放射着灼灼光焰，像母亲挂在枝头的殷殷祝福，洗涤满是尘土的身心。

继续向前走去，路边长着一棵与众不同的杜鹃，雪白的，是极难得的一种。凹凸不平的黑褐色石板之上，一点泥沙的影子也找不到，而杜鹃树的根赤裸裸长在青石表面，紧紧抓着岩石，粗粗细细的根须暴起，脉络分明，多像母亲常年劳动、布满青筋的手。它在没有土壤，缺少水分，极其艰难恶劣的环境下求得生存，像扎根厚土里的花树一样，把花朵开得毫不逊色，给这个世界送来灿然的微笑！这是在历经了多少无人能懂的苦难之后，用心中热血催开的生命花束啊！

几年前，有人对母亲说白杜鹃的根可治病。为了我的病，母亲在杜鹃花开得漫山遍野的季节，疯也似的上山寻找。找了好几天才在离村子七八里的一座大山顶上找到它。对母亲来说，握着白杜鹃的根就像握着新生命的希望和绚丽。她逢人就一个劲地说，找到了，找到了！好像她找到的不是一种普通草药，而是一颗闪闪发光，能给她带来无穷幸福的钻石。

长在岩石上的杜鹃多像我的母亲，尽管生活的道路充满着离奇的曲折与荆棘，但是在母亲单纯的信念里，生命中哪怕只要拥有一点点生存空间，也要用十颗火热的心努力向上生长，以百倍顽强的毅力，冲破重重困难，长成枝繁叶茂，开出似锦繁花。让明月清风聆听那美妙的、坚强的开花长叶的声音，在青山绿水间收获一片灿烂。

农业科技是个宝

金秋时节，错落有致的层层叠叠的稻田上，铺陈着一望无际的金色希望。这油画般富丽堂皇的斑斓色彩，像农人脸上盈盈的笑，抑制不住的快乐，荡漾着稔熟的诗情画意。

一台红色的收割机，像行驶在波涛里的小船，在稻浪里隆隆地唱着一首摇篮曲似的童谣。收割机所到之处，弯着腰低着头的稻子井然有序地进入收割机张大的嘴里，样子像大鲨鱼在吞吃成群的小鱼儿，有趣极了。收割机把稻子吃进肚子后，吐出来的就是一粒粒饱满的谷粒。变把戏似的，一袋袋装满谷子的蛇皮袋，憨厚地站在收割后的稻田中，那是农人的劳动果实，汗水的结晶。更有趣的是，那完成了使命的稻草，飞花般散落在田野上，这些看似印象派画家画下的图画，为收割后的田野铺上了一层温柔的地毯。

这时，夕阳开始变得美丽起来，一群鸟儿叽叽喳喳地叫着飞过田野上空，远处一头老牛悠闲地驮着暮色缓缓走来。完成了收割任务的收割机，在夕阳下静静地停了下来，一时间田野里一片寂静。

收割五六亩田，只是弹指间的事，弟弟满脸含笑地忙着把一袋袋稻谷搬到机耕路上的拖拉机上。白发苍苍的老父亲站在收割机旁，用布满青筋的手，一遍遍地抚摸着机身，像抚摸他心爱的烟斗，他边摸边微微抬着头跟收割机上的司机说着话儿：“几天前我说稻子成熟了，要把镰刀、打谷机整理好。儿子却说别忙，今年大伙儿都用收割机来收稻子了。开始我不大相信这东西真像人家说的那样神，看了之后才知道，收割机还真是好。原来起早贪黑要做五六天的农活，一下子就好了。”司机探出头：“是呀，靠老祖宗留下来的镰刀、扁担不累死人才怪呢。所以说农业科技是个宝，是它解放了我们的劳力，让大伙儿有更多的时间去做自己想做的事儿……”

父亲听了高兴地点了点头：“年轻人真幸福哪！遇上了好年代。那时我们劳作时一身泥一身汗，拼死拼活地干，最好的劳力一天也只能割上一亩地。而现在的收割机就像传说中的神仙一样，干活只是挥挥手的事，机器一响，就可以完成从前做梦也完不成的任务。”听到这儿，司机和弟弟都忍不住大笑起来，父亲看看他们洋溢着活力的笑脸也跟着笑了，三个男人的笑声在田野上空飘荡着。

山风吹过来，一片金黄稻田掀起一层层稻浪。三个男人在掩饰不住的丰收喜悦面前，怀着一腔虔诚的向往，陶醉在汗水的回报中。

红红的茶

五一前后，正是春茶采摘的季节，站在窗前，静静地看清晨微微的风从对面一座青青茶山上，划过漾起粼粼波光的叶片，拂过长满青草的江岸，一遍又一遍地往返……

远山那片即将被采摘的茶树在风的吹拂下泛起一片片银白色的浪，阳光下闪闪发亮。风中有淡淡的香远远传来，这淡香有点儿像刚冲泡好的红茶那似有若无的香，柔媚里暗藏着一丝让人无法抗拒的诱惑。闻之如同幻觉，给人希冀。

其实我不知道，我看见的那片泛着细浪的茶树，是不是生产红茶的茶树，但是，不知为何心底里自然而然地，就想起了红茶，想起了包装精美的红顶山人，想起了有着动人名字的醉红岩。顷刻之间，心底对红茶的渴望如眼前的风，一遍遍吹起。

生长在乡野，从来没有看见过真正的茶艺，也没看见过有趣的斗茶，看到的只是采茶的艰辛，清晨天刚蒙蒙亮，采茶之人就背着背篓上山了，茶采回来后经过一系列工艺制成可饮用的茶，拿去卖的就用精美的盒子包装起来，用来自己喝的就装在一个密封的罐子里。家庭主妇每天早上从罐子里抓一把茶叶，烧一锅沸水倒入大大的黑陶罐茶壶，眼瞅着那茶水翻滚出袅袅的白雾，从大茶壶圆圆的口中冒出，热气和香气氤氲着整个农家小院。四周弥漫着淡淡的香，像朵朵红云慢慢飘散，如烟，如霞，最后飘成了透明的桃花瓣儿，飘成长空中一道虚无的彩虹……然后那茶壶口上被盖上一个大碗，茶凉后倒出来红红的像红酒，或黄黄的像蜜蜂糖。这一大壶茶可供一家大小用粗大的碗，翻转地倒着喝，甚至有时来不及就干脆嘴对着壶嘴咕噜噜灌个饱，喝个畅快淋漓。

红茶没有龙井的名气、碧螺春的辉煌，更不像大红袍那样价值连城。红茶红得可爱，在视觉上就能给人一种无比惬意的享受，喝一口潮涨潮落的心事被轻轻抚平，心情会逐渐清澈起来。所以文人雅士喜欢慢慢地品它。红茶清淡中带着花草的味儿，是最好的解渴之物，乡野村夫也对它爱不释手。这红茶它就如一个寒微之家出生的女子，虽颜如卓玉、满腹才情，总是默默无闻，从不张扬，却能让见着它的人永远难忘，从此一生一世恋上它。红茶它红得平常朴素，红得让我们琐碎的日子离不开它。

且"南辕北辙"一回

上《南辕北辙》一课时，我问学生："这个楚国人，马快，钱多，车夫技术好，他能走到目的地吗?"问题一出，同学们摇着头，几乎是异口同声地回答："不能!"

在这一片声音之外，一个学生大胆地说出他的奇思妙想："老师，如果这个人绕着地球一圈，不是一样可以到达目的地吗?"这有点另类的问题一提出，仿佛石破天惊，一石激起千层浪，全班哗然，学生们情绪高涨，开始讨论起那位楚国人绕地球一圈的各种可能性……我也跟着一愣，我知道学生的这个问题，其实已经超出了课本之外，不再是《南辕北辙》这课的本意与教学的目的了。但我马上竖起大拇指："提得相当的好!"

有的时候，何不让我们脱离现有的框框架架，任思想天马行空一下。就让我们沿着被一代又一代人，认为那个楚国人永远也到达不了的地方，"南辕北辙"一回吧！且不说能不能真的如那个学生说的一样"绕着地球一圈"，也不能确定是否能够"一样到达目的地"，但可以肯定，沿途定会有无数意想不到的快乐等在那儿……

年的喜悦

腊月因为有了年而变得美丽迷人起来，腊月也因为有了新的期待与憧憬才让人们从心底里充满了希望。

年的喜悦，在孩子们热切期盼中，在乡村妇女们忙忙碌碌的身影中，在老年人笑容可掬的欣喜中，早早地到来了。我们就这样走近了春节，走进了传统的安静祥和的大年里去了！

于是，纯朴的农人把一缸缸米酒连同来年的喜悦一起酿下了。于是，一笼笼年糕蒸起来了，同时被蒸热起来的还有农村人的雄心壮志。

年的喜悦在妇女们捋起袖子，叉开有力的双脚，在河边搓洗桌椅时发出的如音乐般美妙的声音里；年的喜悦含在灶王爷甜甜糯香的糖果中。杀年猪的笑传过一个又一个山村，掠过一颗颗喜气洋洋的心。年的喜悦藏在那香喷喷的腊肉炒冬笋里。

一副副对联贴出了普通老百姓的希望，贴出了一张张红红火火的祝福，贴成了粮满仓，米满缸，鸡鸭成群，果树飘香的富足与幸福。年的喜悦在一朵朵腾空而起的绚丽多彩的烟花里，

极尽华丽。

年的喜悦在乡亲们大碗喝酒、大块吃肉的冲天豪爽中得意忘形，在孩子们崭新的衣服里暖意融融，在一地爆竹的碎衣里走街串巷。

总之，在中华民族的传统节日里，年的喜悦就这样被演绎得丰富多彩。

父亲的酒

父亲是个地地道道的农民，一生劳累，一生清苦，酒是劳动之余最好的慰藉。酒早已融入了他的生活，他的血液，成了身体里不可缺少的一部分。那时父亲喝的是自家酿的红酒，正是这些普通家酿红酒，老朋友般伴着父亲度过了无数艰苦岁月，也是这些家酿红酒使他能时不时地陶醉一回。

小村子里一到冬至这天，就会有许多人开始蒸糯米饭酿酒，我家也不例外。可以毫不夸张地说，我们这是个美酒飘香的村庄。当那些喷香的饭蒸好的时候，就是小孩们最高兴的时候，他们三五成群呼朋引伴地奔走在曲曲弯弯的村巷里，手里拿着洁白如玉的饭团，一口一口津津有味地吃着，在一家家大门里进进出出，看大人们在那儿忙着搬缸、撒曲、打井水，为酿酒之事忙得不亦乐乎。

有酒的日子，父亲劳动回来最爱做的一件事就是提上那把家中祖传的锡酒壶到酒坛里舀上一壶，往饭桌一坐，独自饮起来，他一般是先喝酒后吃饭，他喝得满面红光才去吃饭的，这是喝酒的大忌。不过，父亲喝酒时的豪爽，已在我脑海里挥之不去，并牢牢地定格在心里，这份记忆就像陈年佳酿醇香四溢。

父亲喝酒只要有酒喝他不需要什么下酒菜，一盘线豆，或一碗白菜也能吃得有滋有味，喝得痛快淋漓。因为对一个农民来说，他有的也只是疲劳和困苦吧，所以他没有文人“人生得意须尽欢，莫使金樽空对月”的放纵，更没有武士“葡萄美酒夜光杯，欲饮琵琶马上催”的无奈和苍凉。他有的只是把酒话桑麻，寻常烟火的知足恬淡。

后来父亲也不大爱喝自家酿的酒了，说是红酒柔和绵软没劲，不大好喝，喜欢上了白酒，也就是建阳米烧（现在的武夷米烧前身）。父亲对白酒痴迷的样子，弄得我也心痒痒的，想来个一醉方休。都说中国人喝酒是高兴时喝得猛，得意时喝得欢快，失意时喝的是一声接一声的长叹，忧愁时喝的是酒入愁肠愁更愁的满怀愁绪。看来酒真是个好东西，可以让人在朦胧心态中去感悟人生，在似醉非醉之间学会淡泊从容，清醒之后又会以昂扬向上的姿态去迎接生活，创造更好的人生。

有一次趁父亲不在，偷偷喝上一口，结果喉咙像被一把锋利的刀子刮将下去，痛苦得眼泪都流了出来。什么琼浆玉液，什么王母佳酿，全是骗人的把戏，怪不得有人骂喝酒者为喝马尿，可父亲怎么就喝得津津有味呢？得不到回答的我一脸茫然。偷偷地往父亲的酒瓶里兑了一些水进去，认为这样可能会好喝一点。可是这弄巧成拙的事一下子就被父亲知道了，他没有责怪我，而是说兑了水的酒，一点也不好喝。弄得我很是不好意思，现在回想起来还在为自己的自作聪明感到脸红。

据说小时候我是很能喝的，这事从父亲和外婆的口里能够得到验证，他们常常得意地说起我小时候的海量，也许是我记忆力特不好，也许是那时太小，因此无法记住那时喝酒时的样子或感觉。长大后的我并不喜欢酒，有时偶尔会喝上一两口红酒，这样自然也就无法体会酒所带来的种种美妙。看到父亲喝得忘乎所以、喝得豪情万丈时就在暗自推想，也许酒至微醺或酩酊大醉都是一种放浪形骸的陶醉吧。所谓的酒里乾坤大，其实喝酒之人是想在生活艰辛之外寻找一种别样的安慰吧。因此看别人，特别是看父亲热火朝天地喝酒，根本体会不到喝酒的妙处，也不能理解父亲对酒神魂颠倒的原因。

有了工作后，会买酒给父亲，我能买的也只有武夷米烧之类的酒，就这便宜酒也要等逢年过节才记起来。每每看到我买酒回家，他就眯眯地笑，那份高兴，那份满足真是无法用语言来形容。年老的父亲没有钱，他就是再想喝酒也从来不向我们讨，有时我问他想喝酒吗？他问非所答，有饭吃就行了。这就是父亲，我贫穷的父亲。

想起小时候父亲会像贫穷的孔乙己那样，从衣袋里摸出几角皱巴巴的钱，满脸笑容地让我为他打酒，那情形全然没有“五花马，千金裘，呼儿将出换美酒，与尔同销万古愁”文人墨客的豪侠兴致，有的只是一种对生活的知足常乐。父亲喝了几十年的酒，对中外名酒如茅台、五粮液、威士忌、伏特加闻所未闻，更没有机会见过。

长大后，只要父亲一喝酒，仿佛有着六千年历史的酒文化就步履幽幽地走来，一个个有关酒的人物鲜活在眼前：贵妃醉酒，易安居士的“三杯两盏淡酒”，为酒文化平添了婉约、柔媚，平添了一份潇洒俊逸，一份绵绵无期的诗情画意，一份“醉里挑灯看剑，梦回吹角连营”的豪迈，“劝君更尽一杯酒，西出阳关无故人”天涯倦客的孤独。

一个阳光明媚的春天，父亲从城里回来，手里拎着两盒包装精美的酒，大有杜甫“白日放歌须纵酒，青春作伴好还乡”的欣

喜。不知是什么酒，看那阳光下闪闪发光的包装盒就让人觉得那酒的身价不凡，走近一看，眼前豁然一亮，哇！原来是两瓶武夷王呢。“妹妹给的？”我问。父亲点点头：“你妹妹帮人家带了几天小孩，那家人硬塞给她两瓶好酒。你妹夫舍不得喝，让我带回来了。”说完得意地拿着那酒左看右看，像珠宝商看他的稀世珍宝一样。望着他对武夷王爱不释手的样子，我心里一动。曾经也想给一瓶这样的酒让老人家高兴高兴的。

记得那是年前的事了，网上有一则武夷王酒的征文，曾满心欢喜地计划写上一篇征文，希望能赢一瓶酒来给老父亲喝喝。谁知事情一多，就把这事给忘到爪哇国里去了……后悔之余觉得来个亡羊补牢，也许还不晚吧，赶紧写一篇文，看看能不能换一些稿费来……

到了晚上，父亲把武夷王酒小心翼翼地打开，立时，一缕特别甘甜醇美的酒香氤氲在空气里，芳香浓郁的酒香味在这个春日的傍晚就一直与我们一家人如影相随。这次父亲喝酒不是将酒倒入酒杯，而是像我侄儿喝饮料一样举起酒瓶直接倒进嘴里，而后咂咂嘴，回味无穷地说：“哦，不错！不错！这就是别人说的，入口醇厚，清洌干爽，让人胃口得到一种完美享受的酒。武夷王名不虚传……”

接着他坐了下来，在窗外明晃晃的月光下细细地品起了这种从没喝过的酒来。正喝得起兴，听得同村的阿王在门口大声地说：“哥，喝什么酒呀？这么香！弄得我口水都快流下来了。”阿王也是个好酒之徒，是个一闻酒就迈不开步子的人。父亲听了，忙起身招呼：“来！来！来！我正愁一个人喝酒没伴呢。”阿王也不客气，迫不及待地进来，一屁股坐下来同父亲推杯换盏地喝了起来，不一会儿工夫一瓶酒就来了个底朝天了，父亲摇摇酒瓶说："女儿，去我房间把那瓶再拿来。"阿王却在一旁假意地说："不用了！不用了！我的猪已大半天没进食了。"可是那屁股却像是长在椅子上一样，一动也不动……

酒来了，他们接着喝，喝着喝着，阿王的老婆找上门来了，瞋怒道："阿王，见了酒就什么事也忘记了吗?"阿王睁着一双醉意朦胧的双眼口齿不清地问："什……什么事呀?""你啊，靠你做事靠不住，猪都饿得跳栏跑了，不知跑到哪儿去了，还不快跟我去看看。"父亲忙站起来说："要走把酒喝完再走，拿起酒瓶一摇，酒瓶已空空如也，真是主人酒尽君未醉，薄暮途遥归不归?

在人生的岁月里能看着父亲喝酒这也是一种幸福。

做个麦田里的守望者

学生们正在默写《古诗两首》，教室里静悄悄的，我脚步轻轻地走着，像是一位行走在丰收田野里的老农，心情舒畅而惬意，又觉得自己是一尾游在水里的鱼，悄然无声，怕稍不小心，浪花飞溅，会打破水的宁静，岸的无语，影响孩子们写作业的心情。

快要走到一名叫超前的同学面前，正在专心致志写字的他突然停了下来，一双手下意识地紧紧捂着本子，脸上现出一丝稍纵即逝的害怕。我悄悄掰开他的手，见本子上的字不像是写上的，倒像是描上的，联想到刚才他怪怪的表情，难道里面藏有猫腻不成？拿起本子，翻开前面那张纸，下面垫着一张事先抄好的，工工整整的字片就像秋日树上的叶片，顺其自然地落了下来。这一刻，我心里好像也有什么在滑落，落到一个可怕的地方去。

同桌的女生看了，张开小嘴正想叫出点声来，被我用眼神阻止了，随即她又低头写她的字。这时，教室里只有那位做错了事的学生，用一种不知所措的眼神望着我，样子既有点可怜，又有点让人厌恶。

不是说人之初，性本善吗？小小年纪，从什么地方学来这些乱七八糟的？谁教他这样做的？怎么把聪明才智用在这上面去了？我的脑袋瓜子一团乱麻，一时理不出头绪来。转而一想，孩子这样其实也不足为怪，我们的社会，我们的学校，在某些时候会有意无意为学生做出这样那样的榜样来。无形中，也可以说在一种潜移默化中，孩子自然而然地学到了许多原本不该学到的。孩子是一张白纸，你在上面画什么就有什么。或者说，孩子是一块刚开垦的土地，你撒什么种子下去，就长什么苗苗出来，所谓的种瓜得瓜，种豆得豆说的就是这个理！

这一刻，我觉得我就是《麦田守望者》里那个停下脚步的霍尔顿："有那么一群小孩子，在一大块麦田里做游戏。几千几万个小孩子，附近没有一个人——没有一个大人。我的职务是在那守望，要是有哪个孩子往悬崖边奔来，我就把他捉住——我整天就干这样的事。"

我无法也不能守着成千上万的孩子，但我一定要守住眼前这几个。我要让他们健康、活泼地成长，让他们在小小年纪不会学坏，像一棵棵小树苗那样长成大树，做一个有用的人。能让小孩自由生长而又免于危险或走到歪路上去，这是一种很高尚的职业。那么，我的生存也就有了一点真实的意义了吧。

过几年，孩子们长大了，成熟了，有成就了，那就是我要收获的一片金色麦田。到那时，他们心里一定会洋溢着欢唱生命辉煌的歌。而我却是那个守望麦田的稻草人，是不能说话的，只是静静地守望着麦田，鸟们来了，才会顺着风咋呼起来，但是，鸟不会感谢它，麦子也不会感谢它，我的这些学生也许早就把我忘到爪哇国里去了。但这是我的一个责任，风中守望着快成熟的麦田，完成着自己生命既定的体验，或者说义务吧！心底留存永远的神往，永远的衷情，永恒的守望……

做个麦田的守望者，做个麦田的稻草人，多好！

折翅的红蜻蜓

纵横交错的阡陌之上，一只红蜻蜓轻盈地一飞而过，远远地向着小溪对岸芳草地飞去。青草如缎，四周群山如玉，静静的原野上，不知何处飘来似曾相识的《晚霞中的红蜻蜓》歌曲："晚霞中的红蜻蜓，请你告诉我，童年时代遇到你，那是哪一天？"清新活泼，似乎是从江南绵密新绿里，携了低低的童音，若隐若现地在耳畔萦绕。把草长莺飞，晚霞夕阳，都悄然无声地推入时光深处，独剩这首儿歌在清新的空气里流淌。

又好似我站在幽暗的华灯之下，歌声唱起时，一切嘈杂的声响，一切人语都消失了，任繁华里的陌生将空静扩张成了无垠。如水的音乐，在时间的空谷里流动：梦中的红蜻蜓，你要飞到哪里去？晚霞中希望你，停在我心里……

沉浸于往事之中，继续向前而去，似有若无的歌声突然变得黯然失色，有一种极细微的声音响起，像是渺小生命苦苦挣扎时发出的。循声望去，小路边一丛草的叶面上，落着一只不知何故齐齐折断了双翅的红蜻蜓。披一身彩霞，时而挣扎着残缺的翅膀，想努力飞起；时而在叶片上走着碎步，一步一颤；时而在窄小的叶面上团团转着，弄得那片叶子曳曳作响。蜻蜓幽幽咽咽的，摇曳的舞姿是那样孤寂、无助，却始终不曾停下它挣扎的动作，直看得我黯然神伤，叹息着：这蜻蜓再也不能用美丽的翅膀诗意地飞翔了，再也飞扬不起最初的绚烂了。红蜻蜓呀，千万不要因为受伤了就把所有的心门都锁上，任岁月把心风侵雨蚀得锈迹斑斑。

一时间悲悯、惊叹，从小小虫子身上，感受人生无常、多变，生命卑微。人在大自然面前就像这只红蜻蜓，亦是那样无助、无奈。有时，哪怕一个小小的，小小的梦想，穷尽一生的力量，也无法实现。在卑微的生命里，我们常常遇到太多的无奈和无法预测的灾难。比如，高过天空的理想，健康强壮的体魄，等等！如蜻蜓薄如蝉翼的翅膀，随时都有折断丢失的可能。但是只要生命存在，只要一息尚存，就是折断了翅膀，就是怀抱残缺，生活还得继续，人生的路还得走下去。

曾经看过一幅叫《残缺之美》的画。画中那个美丽年轻的女子，高举双手站立着，脸上表情是那样的坚定、安详、从容。她一只乳房浑圆、饱满、坚挺而完美；另一边，却只有一个暗黑色的疤痕……这是个不幸的女人，但她对待不幸的神情让我久久动容。相信在她心底，一定有萦绕不绝的坚强与不屈，这坚强与不屈，如温暖阳光，渐次照亮面前的人生道路。

透过这只折翅的蜻蜓，脑海里闪现出了那句“卸下我的翅膀，送给你飞翔”的歌词。英雄的教师，在危险到来的瞬间，张开双臂死死护住身下的学生。英雄的翅膀虽然永远折断了，可是断翅之下的孩子却获得了新生！老师用他的热血和生命，在中华大地上开出一朵无与伦比、芳香四溢的花，灿烂了一片天空。

美丽的翅膀随时有折断的可能，美丽的幻想随时有面临破灭的打击。折翅的红蜻蜓，生命原野上，执着地仰着头，迈着碎步的样子，不屈不挠的精神，永远停在我心里！

把快乐送给别人

记得一年的元宵节，我吵着要玩灯笼，因为隔壁春奴的妈妈给她买了一个漂亮的大红灯笼。父亲说头都让我吵大了，那时家中没有闲钱去买，于是父亲就到后门山砍了一根毛竹，破成细细的竹篾，扎灯笼。

为了让自己的灯笼别具一格，就在水红色的纸上用蜡笔认真地描着我认为最美的图画。这时斜对门的阿娇来串门，看到我们做灯笼，羡慕得这儿摸摸，那儿瞧瞧。忙得晕头转向的我也记不得阿娇是什么时候走的。就在灯笼快要大功告成的时候，外面突然吵闹起来，原来是阿娇妈妈在骂阿娇，说是没有时间给阿娇做什么灯笼……

本来很高兴的我一听阿娇被骂了，就噘着嘴坐在一旁生闷气。母亲抱着弟弟走过来，笑了笑对我和父亲说："做一个是做，做两个也是做，再做一个吧！"父亲说："我本来就准备送给她一个，还没等我把想说的话说出来，她就走了。"

父亲边做灯笼边哼着小曲，见我无动于衷，就意味深长地说："送一个能让别人快乐的灯笼，这样自己也会跟着快乐的！动手吧，孩子。"在父亲的鼓励下，我很快又进入了角色。

最后做出来，两个像西红柿一样精妙绝伦的灯笼，面对这么精巧的艺术品，真有种爱不释手的感觉。

推开阿娇的家门，一家人正在吃晚饭，知道我来送灯笼后，阿娇的妈妈可高兴啦，当然更高兴的是阿娇，她喜欢得连蹦带跳的，一下子抢过灯笼……看到阿娇那么开心，我也很开心。童年的事情，还一直留在我的记忆里。

那两个灯笼照亮了我的人生。每当遇到他人需要我帮助的时候，我就想到那一年元宵节的两个灯笼。于是，我就会向他们伸出援助的手。快乐送给别人，自己会更加快乐！

这样一个司机

天阴阴的，极冷，抓好药，买好要买的东西，匆匆到车站，要赶下午唯一的一趟车，站里的人却说因天冷，车子提前开走了。早上出门时雨儿十分不舍，说了无数好话，才答应由我同事照看，我还向她保证，一定会回来的，绝不食言。

靠在车站边泛着寒气的水泥柱上，看路上匆匆行人来来往往，感觉那像刀子一样的风刮在脸上，生疼生疼的。无语地待了一会儿，就迈着木然的步子走在熙熙攘攘的大街上。

没走几步，听到一人大声地对着一小四轮司机说："把这袋东西带到某某村去，我会打电话叫人在那儿等。"听到某村，眼一亮，这不就是我教书前面的那个村子吗？有点兴奋地走过去同司机商量，司机说可以，但要五十元，砍至三十。我去的村距你送货的地点，只差十几里，不远。司机有点不情愿地点点头："上车吧！"

车刚驶出城区，就下起雪来了，下得很大很大，不一会儿，路上就铺了一层白白的雪花，雪地上行走，车子不太稳，不时地打滑，司机骂骂咧咧："什么鬼天气，想害死人！"我提心吊胆地一再叮嘱司机不可开快车。

到了送货的村子，车子一停，就见从一家大门口里过来几个人卸车。一盏茶的工夫，司机重新发动车子，嘴里冒着一团雾气说："送你去！"车开出村子，车轮就陷进一个大水坑里去，司机冒着大雪下车，从公路边搬来几块大石头，丢在车轮后面，尔后，费了好大的劲，总算把车子从坑里拉出来。谁知祸不单行，没走多远，路边的毛竹因受不了雪的重压，弯下来，把路拦住了。司机停车，气呼呼地说："从来没见过这样难走的路，不走了，你自个儿回去吧！"我伸出头看看天，天却不见了，只有灰蒙蒙的一片。这荒郊野岭的，又下着雪，天也快黑下来，路上看不见一个人，更见不着一辆车，心里一阵阵发怵。于是，大着胆子说："你这不是要我的命吗？怎么能这样不守信，出尔反尔，说话不算数？"司机嘿嘿笑着说："要送也行，得加钱，加一倍的钱。""明明说好了的，又要倒生牙齿，不就多加钱吗，加吧！知道你们这种人！"我无奈地说着。

我同意加钱后，司机麻利地跳下车，抓住那弯下来的竹尾，用力地摇，雪簌簌地往下掉，有的就直接掉到他的脖子里，冷得他跺着脚哇哇大叫，车上的我可高兴了：活该！

就这样一路折腾着、颠簸着，总算到学校了，轻轻舒了一口气，我拿出一张一百元，谁知那人却以没有零钱为由只找给我二十元，我说我到学校拿给你吧，那人不肯："当老师的有钱！"我骂道："死要钱！"气呼呼地下了车。

糟糕的是，为了那几块钱，我却把在城里买的一套保暖内衣，一件全毛毛衣，一双李宁牌旅游鞋，还有帮同事买的一斤目鱼干，全忘在车上了。那一刻，我只有望着远去的车子痛心疾首地叫着：因小失大哪！

几天后的一个中午，突然大门外有人大叫："里面的老师快

出来，你那天落在我车上的东西给你送来了！”开始，我有点不相信自己的耳朵，同事听得比我明白，拼命催我快去看。我跑到校门口，还真是下雪天的那个司机，只见他满脸是笑地站在门外：“多要你二十元钱都不肯，把这么好的东西丢给我，你知道我老婆和你一样身材？还有这目鱼，差点被我煮来吃了。”想不到这司机还很幽默，我高兴地打开铁门连连说谢。接过东西，飞快地从衣兜里摸出一张一百元的钱递了过去，那人摇摇手：“不要不要，我只要我该要的。那天要你八十元其实也不多，你若包车，没一百五六谁也不会来的。今天正巧来这村送货，顺路。”他黑红粗俗的脸上有着善良纯朴的光芒，瞬间，读懂了他的正直，以及他坚守的一种清白。说完司机转身上车，一溜烟开跑了。

点亮山野的那株梅

沿一条山间小路，走了约六七里地，一个转弯，猛然间，一条瘦瘦的小溪，一座小小的石拱，桥头一株傲然盛放的梅花，毫无防备地扑入眼帘。有点像陆游“驿外断桥边，寂寞开无主……零落成泥碾作尘，只有香如故”里描绘的景象。

这是一株老梅树，它不是大观园里，长在妙玉庵门口，供公子小姐们观赏的梅。这是一株平民的梅，它从来都不曾与古往今来的名人有过交往。既没染上文气，更没熏上富贵的味儿。是我苦苦等待了千年，寻了千年的那株梅。梅用雪骨冰心照亮空无人烟的苍茫原野，点亮冬日山岭的一派颓废。一树的花，在这有点破败冬日的山间，看起来是那样的耀眼夺目。于是，灰暗的心境也淡然地沉浸在花色里，不经意间，一些久远的喜悦，好像看到了明媚的春光似的涌上心头。

尘世的喧闹散落在苍凉的旷野，这梅日日夜夜站在山岚雾霭里，守望着这个早已废弃了的村庄，清清冷冷不知开了多少回，更无人知道它在这儿站了多少年！在我眼前，站成了一阙“梅须逊雪三分白，雪却输梅一段香”的低吟浅唱。

近看这树白梅，很有点特别，它的白不是一般的白，也不是

以前见过的那种粉白，而是白里透着淡淡的青。一朵朵像极了挂在美少女胸前的羊脂玉佩，晶莹而略带透明，让人从心底产生一种说不出的爱怜。

同时，这还是一株没有人修剪过的梅，从小就任性而自由地生长着自己的个性，直直向上的枝头开满星星点点的花，从它的身上看到了一种久违的古朴原始之美。这梅，它不像通常在国画中看到的疏影横斜、冷霜傲雪独自开放的样子。可是它肆意怒放的花朵，让我在这寒冷的冬季想到些过往的温暖。清香款款，这虚无陌生的气味容易令人生出许多的不着边际的怀想。阳光明媚地照着，冷冷的风却不知好歹地从远远的山那边吹来。

细看梅花小小而灿烂的骨朵里，清晨晶莹剔透的露珠儿，细细地藏匿在那儿，透出骨子里的清奇孤寂。也许这就是千年前那个爱梅的女子湿了罗衫，浸了心事的盈盈珠泪吧！此时，有微风吹过，露珠微微落下，无声无息，花朵绽开的蓓蕾上，栖息着一只翅膀并拢，触须一动不动，仿佛沉浸在一个幽深神秘梦境之中的蜜蜂。仿若前世今生的梦，此时借助梅花飘落在冷寂的心头，凄婉的故事似乎已经打开……

凝神沉思中王安石空灵的“遥知不是雪，为有暗香来”的诗句飘来。这一刻，仿佛凡尘里所有不如意都因了这段梅的灿烂，梅的美好，郁郁寡欢的心，变得云开雾散起来。无意间，冰冷的手指靠近苍褐的梅枝，怅然若失间，灵光一闪：白雪皑皑的南朝，一个叫陆凯的书生，衣袖轻舒，轻轻折下一枝，嘴里吟咏着：“折花逢驿使，寄与陇头人。江南无所有，聊赠一枝春。”身处荒郊野外，谁会为我折梅遥寄？我折梅又要寄往何处呢？当下意态模糊、恍惚、飘飘然不知身在何处。

都说梅的飘逸、孤傲、沉凝、沧桑，是必须用心去品味、欣赏的。梅若有若无的馥郁、惊世骇俗的美，是任凭岁月怎么也阻挡不了的，而梅那“独有梅花落，飘荡不依枝”拿得起放得下的品质，却早已根植在我心中最柔软的部分了。

我想，如果我们凡人也能像这株梅这样，放弃尘世间的一切喧嚣、繁华，丢开生活中的种种不愉快，忘记所有的爱恨情仇，躲进一条人烟稀少的幽静小溪边，晨钟暮鼓里依旧风情万种，依旧傲骨高洁。人为的樊篱，别人刻意在我门前种下的遍地荆棘，这都是我这样的弱女子预测不了的，更阻止不了的事。但只要心中怀有梅那样的美好，就可在世间的种种不如意面前，在布满伤痕的心底，另辟一幽径，让它直通理想中的绚丽多彩。

如此自己就一定能像静立冬日岸边，严寒中悄悄染上春之气息的新柳，早早地垂下千万条碧绿的丝绦；或田间地头的小草，枯黄过后，一身春色，穿过薄薄的雾霾，借助阳光的温暖，驱散笼罩在心头的严寒，破土而出，泛出满世界的青绿……

被岁月缝合的缝纫机

小时候，只要村里有裁缝来做衣服，裁缝师傅走到哪家，我们一群半大的孩子就跟到哪家，整日里围着裁缝转，看她怎样裁剪，怎样车衣，喜欢听那嗒嗒嗒的美妙声响，更喜欢看飞一样转动着的神奇轮子。当然最想做的是，希望能坐在只有裁缝才能坐的位子上，拿一块碎布车两下，过过裁缝瘾，体会体会那美妙无比的缝衣感受。自然，能得到这样机会的人不多，毕竟那是人家挣碗饭吃的工具。

有一天，家里也请裁缝师傅来做过年的新衣了，头天晚上，我求了母亲，母亲拗不过我就去恳求裁缝师傅，终于让我如愿以偿地上了一回缝纫机，可还没等我尽兴，笨手笨脚地就把人家的针给扎断了，弄得我们心里很过意不去。于是父母决定用喂养两头猪的钱，去买一台缝纫机，指望着我能为家里补补衣服，车车袜底……钱够了，可到哪里才能买得到缝纫机呢？这下可让我们大伤脑筋了。

一天，突然听说城里正在卖缝纫机，说是谁去了都可以买，不要后门。这样天大的好消息，让我十分兴奋。正巧那天村子里来了一辆运木头的大货车，在卖木头的人的帮助下，我和对门也想买缝纫机的张嫂兴致勃勃地到了县城。匆匆赶往唯一的百货商店，那里静悄悄的，哪有什么缝纫机的影子？问售货员她理也不理，我们只能这样猜想：那传说中的缝纫机，不是早上卖完了，就是听的是假消息。第一次买缝纫机就这样泡汤了。后来，没有车回村，我们是到本村在被单厂做临时工的梅梅那儿过的夜。

又过了一段时间，村里的刘伯伯，让人意想不到地挑来了一台亮闪闪的缝纫机，这样的大事一时间在村子里传开了，大家像看新娘子似的围到了他的家里。我赶去时正听一个大嫂在说："真是朝里有人好做官哪！你看，女儿小英冬天要出嫁就有了缝纫机，多体面！"原来刘伯有个城里的亲戚，是他给刘伯带的口信。刘伯那个要出嫁的女儿，在一旁幸福得把一张原本好看的脸，笑成了一朵美丽的花了。

晚上父亲和张嫂一家人商量了一下，决定由他和张嫂的老公去买。记得那天父亲和张嫂老公，为省下坐车的一元钱，早上天没亮就走五十里的路到城里，机子买来后，赶中午唯一的一趟车回来。

高兴得无法形容的我和张嫂，老早就站在马路上等着，望酸了眼的我们终于看到一辆白色的班车，从山那边开了过来，到我们面前缓缓地停下来。车门打开，父亲驮着两个淡黄色的大纸箱头一个下了车。这次真的买来了，那一刻我心里像吃了蜜样甜滋滋的。

可是这花了一百七十元买来的缝纫机，却不尽人意，远没有国产的蝴蝶牌和闽江牌好用。但不管如何，有了这台缝纫机，我从学做袜底、鞋垫开始，初时车的线条歪歪扭扭，还接连弄坏了好几根针，好在没两天就能把那台费九牛二虎之力买来的机子，操作到得心应手的地步。我的进步让来看热闹的姑娘大嫂们啧啧称赞。于是，东家拿来一双鞋底，西家送来一件破衣，过不了多久，我都能让她们满意而归。

渐渐地，我会车被套了，会用零零碎碎的花布头，剪成三角形或菱形，拼成几何形的漂亮书包、枕头，左邻右舍络绎不绝地找上门来，她们拼命地夸我手巧，我就卖命地为她们义务服务，大有一种士为知己者死的慷慨……一台缝纫机，让原本单调的少年生活变得多姿多彩起来，那时的我真为拥有一台缝纫机而高兴自豪。

再后来，日子一天天好过起来，穿破衣服的就少了，就连那些曾经被认为非常美的碎布枕头、包包，也早就被人弃之一边去了，我对那缝纫机也失去了原有的兴趣。本指望用来缝合岁月的缝纫机，却被岁月无情地缝合起来，如今它躺在我家楼上一角的尘埃里睡着大觉呢！

门前那条河

门前那条波光潋滟的河，一泓秀水，盈盈地流淌着。特别是到了夏夜，更是别有一番情趣。一轮圆圆的月亮从对面山头悄悄爬上来，把细碎的银光洒向村庄，也洒向那条河道。这时，万籁俱寂，躲在家中，或躺在床上就能听见一阵阵来自河滩的蛙鸣和蟋蟀的绝唱。沉浸在这天籁般美妙的音乐里，白天带来的疲劳和不快，早已化为乌有。心中却无端地多了一份如梦如幻的憧憬，那憧憬渐渐沉入河流百年孤独的梦里，如河边卑微的芦花，零零落落地飘向透着碧玉般色彩的水面，铺展一份流动着的生命渴望。

沿着蜿蜒曲折的河岸，沿着那条夜晚流浪，白天欢笑的河流逆流而上。岸上青青的杨柳在初夏热烈而多情的阳光下，肆意地把生命的绿意张扬到了极致。圆弧形的浓密树冠上停着几只体形优美的白鹭或别的什么水鸟，伸长着脖子静静地观看河面上一群鸭子嘎嘎叫着，自由地觅食。

还有那被人们刻意种在河边，用以阻挡洪水侵袭的成片的小竹子，更是茂盛得让人不可思议。每当河面上风生水起的时候，竹林就摇摆着柔美的舞姿，发出轻微的哗哗响声。那响声伴着流水的声响是那样的悦耳动听，那样的富有诗情画意。天空中白云轻轻飘然而过，只一瞬间的工夫，就让刚才那一场让人心动的音响，很快地湮没在竹林的缝隙里，了无踪影了。

绵延而去的荷田，已一扫严冬枯残叶败带来的颓废和寂寥，一扫那一看就让人产生哀怨和离落的情绪。艳阳高照的天空下，如豆蔻年华的少女般，亭亭玉立在水中央。叶面上滚动的水珠，闪烁着迷离的光。蜻蜓和燕子掠过，风轻轻拂过，荷的清香充溢在河谷四周……

河水清浅的河段，走近可以清晰地看见静静躲在凉凉水底的石头，它们一个个不论大小都呈现出圆滑柔和的线条。几千年几万年对这些石头来说也就是弹指一挥间，只是它们当初的棱角已在不知不觉中，被水的柔情厮磨得没有了一点个性，从此，愿意就这样碌碌无为地生活在清冷而单调的世界里。它们就像那些在生活中学得乖巧的人那样，看上去是那样的随和，容易接近。

乡村河流夏天的傍晚，是最热闹的地方。它就像一幅美妙绝伦的中国水墨画，深深地烙印在我的心里。

在长着一大片皂角、乌柏和其他不知名的大树的河边，有两棵大树有点奇特，它们把那粗粗的树枝横着伸向离水面约两三尺的地方，然后又直直地向上生长，整棵树呈折尺形。远远望去，像是谁在河中间撑起了一把绿色的遮天大伞，显得神奇而又美丽。一到晚上那几个洗完澡光着膀子的孩子，就会坐在那树枝上，用小脚去扑打从树下缓缓流过的河水。活泼而悠然自得的样子，让人羡慕得不得了。

一条小小窄窄的用石头砌起来的小路，斜斜地穿过林子伸向远处的村子。收工回来的农人三五成群地来这儿洗满是泥巴的脚。提着一篮衣服的女子，脚步轻盈地走下石阶，挽起裤脚，站入水里，手脚麻利地开始洗衣服。她们有的侧着曲线玲珑的身子，有的弓着柔软腰肢，不时地举起棒槌一下一下地捣着放在青青石头上的花花绿绿的衣服。捣衣声连同女子银铃般的说笑声，一起摇曳在蒹葭苍苍的梦里。

每每看到这种古老的浣衣方式，听着那一声声穿越唐诗宋词的风风雨雨而来的捣衣声，就自然会想起李白“长安一片月，万户捣衣声”这首诗来，或者想起那个亡国诗人李煜有关捣衣的词来……

透过那些凄婉的字词，似乎听见，古代那些柔弱女子，在这声声捣衣声里，凭窗远望时发出的一声声幽怨的叹息。这与眼前河边洗衣，充满热情的女子相比是多么的不同哪！

在我眼里，门前的这条河其实是一条流淌着岁月的河。更多的时候，我喜欢让无穷的思绪，如一片落叶般坠落在那神秘而幽远的河里。而后，携一缕清风，追逐着洁白的浪花，怀揣着对大海的神往，一路向前……

消失了的乌拉村

消失了的乌拉村，那是外婆所在的村子，说它是村子有点勉强，因为它只有两户人家。距外婆村几里地还有一个大乌拉村，据说也只有五六户人家。这些小村子的名字都叫得挺好玩，挺有意思的，有叫小碟大鼓的，也有叫大盘小盘的，它们像一粒粒小小的珍珠，被随意地撒在深山老林里，很少让外界所知。有一句俗语“走州走府，没走过小碟大鼓”，就很形象地说出了这些村子所处的地理位置了。

小乌拉离我的村子有七八里，在村头不远处，有一条只有一尺来宽长满青苔的弯曲小路直通后门山顶，翻过那座山，走过一片不怎么宽的田垅，顺着一条比较宽一点的黄泥巴路，跟着那垅叠叠的梯田向大山更深处走去，山重水复疑无路，一转个弯才看见不远处两山之间的山洼一大块平整的地上，有两幢爬满青藤的木屋，相互依偎在一起。

置身其中，放眼环顾，只见四周群山拥翠。木屋的土墙上挂着锄头、棕衣，屋顶上不知名的小鸟正在那儿悠闲地梳理着身上的彩色羽毛，屋檐下放着一辆金黄色的风车，屋前土坪上很随意地堆放着箩筐、土箕、扁担等农具，几只鸡鸭或旁若无人地踱着步子，或在草丛中悄悄地觅食，一条似睡非睡的大黄狗，似乎终日斜躺在门槛边。

一切都是那么古朴，充满着一种神秘恬淡的气氛。站在那儿，让你陶醉在这远古意境里去遐想，这大约就是古书上说的，不知人间有魏晋，不知今昔是何年的桃花源吧。

那条大黄狗见有生人来，此时已不得不懒洋洋地汪了几声。似乎在提醒主人注意有闯入者。随着黄狗那几声不痛不痒的叫喊，木屋里的外婆就会边骂狗，边双手擦着绣着蓝花的围裙，走出屋子，站在门边眉开眼笑地说："来啦！今天的火用力地在笑，我就知道有贵客要来。"那神情和口气总让我感到奇怪，好像每次外婆都知道我们要来似的。那可是个不通电话的地方，外婆是根本无法知道我们行程的，为此我只能理解为那是心有灵犀一点通吧。外婆说完那句让我感到疑惑不解的话后，就会伸长脖子张开有着两颗金牙的嘴，放开喉咙大喊："你们都到哪里疯去了，快回来，雪儿她们来了。"外婆这一叫，有点像部队吹的集合号，声音大而且嘹亮，四周空空的山谷立刻引起一声闷闷长长的回声。不一会儿工夫，一群小孩就像变把戏似的不知从哪个山角落里跑了出来，围着我问长问短。这时候姨姨和姨夫一般是不在家的，为一大家子的生活他们总是起早摸黑地劳动着。

外婆个子高高壮壮的，非常和蔼可亲，听母亲说，外婆也是个苦命的人。有一年，外婆的男人，到我们村子帮人家耕田。这天上午，不知从哪座山头来了一大群荷枪实弹的兵，乡下人没见过这世面，加上他的胆子特小，吓得不知如何是好的他，猛然记起了三十六计走为上的古话来了，只见他从田里爬起来就沿着弯曲的田埂拼着命地跑。谁想他这一跑却跑出了杀身之祸，一个兵对着奔跑的他就是一枪，使得他从田埂上一头栽下，身体压倒一片青青的禾苗……那一年外婆只有二十三岁，女儿珠子四岁，从此，小脚的外婆放下开脚，像男人一样下田劳动，上山打柴，养活女儿，也养活自己。珠子十八岁那年，招来一个勤劳的女婿。珠子姨姨从结婚到三十八岁不幸患病过世，二十年间，整整为外婆生下了十个孙子孙女，看到那么多孩子，外婆高兴得不得了。唯一让她伤心的是女儿命不长。

外婆家孩子多热闹这也是我爱去那儿的一个原因。外婆家更让我至今还念念不忘的是那一个石碓，每次到外婆家我就要去石碓玩，外婆总能满足我的要求。她老人家会从谷仓里装来半筐金黄色的谷子，倒入石臼，然后放下吊在那儿的石碓嘴，让几个表姐表哥在一边陪着我用脚一起在那儿用力地踩着。浓郁的乡村气息，随着咚咚之声弥漫开来，原本金黄色的稻谷渐渐变成了洁白如玉的白米，眼前的一幕是那样神奇，碓起碓落之声，像一首远古飘来的幽幽山歌，在群山顶上，掠起一阵阵涟漪，又像一个挂在童年嘴角边的香香的梦……

碓完米，我们还会兴致勃勃地到不远处的牛栏里，看牛儿怎样吃草，怎样用尾巴拍打身上的牛虻。牧归时，风儿轻轻，行走在岁月的宁静里，远远望去一缕炊烟袅袅升起。

秋日的一天在外婆家吃过午饭，表姐就悄悄地对我说要带我去一个有得玩又有得吃的地方。出发前，我们躲开两个小的，也没跟外婆说一声。一群七个人，就那么悄无声息地带着那条大黄狗走了。

一路上阳光明媚，凉风习习，心情是那么的天高云淡。我们穿过枝缠叶绕的小径，踩着星星点点的光斑，从一层层浑然天成的梯田脚下穿过，时不时采来一串串野果放入嘴里，把小小的肚子塞得满满的。或跳下清清的小溪，搬开水流中的石头，去抓藏在石头下面横行霸道的螃蟹，而后，用一根小青藤吊着一路玩去。一阵阵菊花的清香伴着清脆的鸟鸣，把我们带进一种远古的意境里去了。

这样走走停停，走得我都感到筋疲力尽了，再也不想走了的时候，突然觉得眼前一亮：一大片无边无际的柿子树如火如荼，柿林间也点缀着一些四季常青的各种大树，它们如鹤立鸡群，把那片柿树林渲染得更加美丽动人。通红通红的杭州柿子林，把生命的全部精彩浓缩在一个个如乒乓球大小的野柿子里。最美的怒放，铺展的都是一种最原始的生命渴望。这景象如天边燃烧着的红霞，又像是仙女从天上将她的红绸抖落开来。清寂幽静的山谷全燃烧在这一片秋天的热情里了。这哪里是柿树林，这分明是一幅色彩鲜丽的油画。此时，我是一个奢侈而贪婪的观赏家。

后来，孩子们大了，去学校读书十分不便，当然这不是主要原因，最主要的是各个小村落男孩子大了，找不到老婆。姑娘们都不去那样的小村子，小村落的女子也喜欢往外嫁。这样，几个小村子的人，就到乡里去要求，在距村部四五里地的一个叫梅花坪的地方建一个新村子。新村很快建起来了，一向非常随和的外婆却死活不去，不管女婿和外孙们怎样劝说都没用。她喋喋不休地说女儿珠子太苦了，生了那么多儿女，没等他们成人，就早早撒手而去了，她若也走了，这样珠子就会太孤单，她说她要在那儿陪她早死的女儿……

晚辈熬不过她，但为子孙辈能成家立业，能更好地读书，他们还是搬走了。最后只剩下外婆孤零零的一个人守在那个不知住了多少辈的村子。人是走了，可田地还在那儿，农忙时他们还得

回去侍弄田地，这样外婆又可以见到她的孙子们了。耳聪目明的外婆在六十六岁的那年春天生病了，这时母亲丢下家里的所有活儿，在那儿陪她老人家走过了人生的最后的日子，外婆过世了，那个令人神往的乌拉村也就彻底消失了。

春暖花开心有点寒

明明到了开车的时间，司机却迟迟不开，呆呆地坐在空气有点污浊的车厢里，心情有点沉闷。好不容易车开了，可还没开出十多米远，又停了下来，而接下来发生的一幕却让人心寒。

车门打开后，一位身材瘦小的老人，手脚并用地爬上车来。站定后，售票员就催着他买票。老人的手在衣袋里摸索着钱，眼睛把车厢环顾了一下，然后小声地说："没地方坐？"那个一脸雀斑的售票员朝一个带孩子的妇女说："这位母亲，请你把孩子抱起来，把座位让给老人坐。"

那位母亲大约 30 岁，带着一名三四岁，穿毛茸茸大红上衣，漂亮黑裙子的可爱女孩。被点名的母亲无动于衷，售票员便又催促了一句，哪知道这位母亲拍拍女儿的头，疼爱地说："我女儿从小就霸道，她不肯的……"说完，又觉得没把意思表达完整似的，补充了一句："站着也一样，别人能站，他怎么就不能站了？"一语既出，全车哑然。

不让位也就罢了，还振振有词，售票员不说话了，老人也没有言语。大概大家都认为女人说得在理，老人是该站的，谁让他不早来，早来就有座位坐。

我忍不住了："你把孩子抱起来，位子让给老人坐吧！你看我的孩子比你的大，不也抱着吗，尊老爱幼知道不?"女人歪过头看看我，嘴角闪过一丝冷笑，那孩子心安理得地在位子上扭来扭去。

到底是母亲霸道，还是孩子霸道?我曾看过这样一篇文章，说的是外国一位母亲在公交车上，宁愿自己十分辛苦地抱着胖乎乎的女儿，也不让女儿坐在身边的空位子上。车上的人见了不解地问："为什么要这样做呢?"那位母亲说："我只买一张票，不能占两个座位。我不能让孩子从小养成占别人便宜的习惯。"这位外国母亲虽然做的是一件很小很小的事，但是她给自己的孩子上了很好的一堂人生课。

不知不觉中，车子翻山越岭已行驶好长一段路了。那位一直站着的老人显然有点力不从心，支撑不住了。他用手摸摸旁边一个装得鼓鼓的蛇皮袋，大约是想找个地方坐下。这时蛇皮袋的主人大声地叫了起来："不能坐！坐坏了你赔得吗?"一声断喝，就像汽车遇到了特殊情况，紧急刹车时发出的怪叫声一样，听来让人是那样的不舒服。老人把原本有点弯曲的身子挺了挺，眼睛无助地扫了一下车上那些冷漠的脸，苍老而又蜡黄的脸上布满了细碎的汗珠。

怎么就没有一个人站出来让个座位呢?特别是那售票员，也噤若寒蝉，视若不见。我因为抱着个已吐得一塌糊涂的孩子，想帮却力所不及，只能任凭心情愈加沉重。

车子行驶五六十里后，老人终于在一个不知名的村子下了车。望着那有点佝偻的身子，我的心在这春暖花开的时候有点寒……

春之花朵

我是花朵，是大自然的骄傲。春天，我从大地母亲温暖的怀抱里醒来，带着阳光的温度，星星的灿烂。

我是花朵，是枝头上的希望，扬起芬芳，张开翅膀，带着七彩的梦想，飞向白云蓝天，飞向远方。

我是花朵，是孩子纯真无邪的笑脸，是少女突然羞涩的脸红和心跳，是成功者的荣耀。清晨我沾着露珠与风儿携手把甜润的岁月叫醒，把农人的心门叩开。

阡陌之上，我吮吸着琼浆玉液、日月精华，把大地点缀得无比美丽。旷野里，我听泉水叮咚，鸟儿歌唱，伴着茸茸的青草，我优美的舞姿，点缀着春天的姹紫嫣红。

我舞蹈，我沉醉。花开的声音，不是在自鸣得意，而是为了千秋万代生命的延续与繁荣，为了更好地把美好的理想传递……

遗忘在远古诗词里的温柔

到了深秋，南方的山野就会有绚丽的红叶铺陈开来，它们在这崇山峻岭间错落有致、层次分明的色调，让人一眼望去，如梦如幻。仿若站在一片五彩缤纷的祥云里面，又仿佛腾云驾雾来到了人间仙境中！

小时候，对这一自然现象也没太在意，认为红叶只不过如那些春天的草、夏天的绿、秋天的果、冬天的雪一样再平常不过了。纵使后来在课文中读到“霜叶红于二月花”这样的名句，也没有在心灵上引起多少感动。

随着年岁的渐渐增长，知道古人，特别是唐朝的文人骚客，喜欢在秋天树叶换了颜色时，或捡拾，或采摘那些自认为精美绝伦的叶，将呕心沥血的诗作题在上面。有的孤芳自赏，有的赠送朋友。然而在这些红叶题诗里，我知道有一片最美丽，也最有幸的红叶，那就是那片被姓韩的宫女题上“流水何太急，深宫尽日闲。殷勤谢红叶，好去到人间”诗句的红叶了！其诗也不见得比别的红叶诗好到哪里去，美就美在那首诗的后面有一个一爱就是几千年的爱情故事。古往今来的多少才子佳人，只要一谈到这浪漫而动人的故事，就会怦然心动！

这样的故事，对于我这个不懂诗歌，更不解风情的粗人来说，红叶就是红叶，还题什么诗呀，好诗写在纸上，不是照样能流传千古？当满山红叶灿烂时，也只有在心闲时，漫不经心地看看而已，并没有给红叶过多的关注。当然，能拥有这种平淡如秋水般纯净的心情，也已成为回忆。如今的我，别说会有闲情逸致去看红叶，相反的是，很害怕秋天的到来。仿佛秋天一来，那碧水丹山的秋波之上全是我清清的泪，心底会无端地增添伤感！也许这份伤感是因为尘世的繁杂与艰辛衍生来的，也许什么也不是。

当枫叶荻花，在枝头簌簌地张扬着人间少有的热情，向岁月展示着它们那别出心裁的生命时，我却秋霜满怀、轻寒漠漠。生活的无奈与凄凉就如那些带着痛苦纷纷逃离，失去了灵魂的叶儿。在秋风瑟瑟中向着河流、山川、荒凉处坠去。任季节的车轮无情碾过心间，让满怀不可诉的心事沦落为尘。内心里一阵一阵的迷茫，难道这落叶如我般找不到前行的路？拂袖间，更觉瘦了，瘦了一袭的衣裙！

常想，倘若人生能再给我一季繁华，明眸皓齿。那时的我罗衫轻裘，妩媚、温柔、多情，如一树静美的红叶，静静地燃烧简单从容的生命。把红尘愁绪没入水云间，擦干脸上的泪珠，抚平心中的沧桑……然后，步履淡定地走着，发誓一定要在这丹霞美景中，用一生一世的守候，千盏醉意的涟漪，把唇边的一抹笑意，放在多情的叶面上，书写……

可是，我只不过是被遗忘在远古诗词里的温柔！

心中的昙花

知道昙花一现这个成语，也知道美妙绝伦的昙花是在月夜下开放的，而且其绚丽的生命十分短暂。同样知道昙花的美是冷艳中的悲、素净里的纯，令人心碎，也让人遐想，给人的是一种超凡脱俗、神秘莫测的激动！可是，我总无缘一睹她那冰肌玉骨的芳泽，最多只是在电视或网络上看过昙花惊鸿一瞥的孤芳自赏。

于是，脑子里时不时幻化出千万种昙花盛开的情景：一朵朵想象而出的冰清玉洁的昙花，是那样鲜活地开在我的面前。仿佛还有一种淡雅的香透过沉沉的夜，随着如水的月光飘到我跟前，那香是那样的高贵典雅！不似梅的清香，也不似桂的浓郁，暗香浮动中自有一种与众不同的韵味，在周围萦绕……

年轻时始终无法明白昙花经过漫长等待，经过日积月累积蓄孕育，为的就是短短几小时的辉煌。就连这几小时的花期还要选择在夜深人静的时候，为此，总在心里为昙花感到惋惜，甚至还有点愤愤不平。昙花！昙花！你何苦呢？以你的完美无缺，完全有能力艳压群芳，完全可以到百花丛中去一斗芳菲，完全可以用你那无与伦比的高雅气质去征服世界！

随着岁月的流逝，年龄的老去，我才渐渐懂得，造物主没有错，昙花更没错。她那不平凡的一现是何等的秀美！为了那一刻的绽放，昙花积蓄的又何止是岁月的千万精华与心血，这其中还包括昙花含蓄、低调、淡然处世以及不事张扬的美德。

都说昙花一现恍若一梦，其实世间万物不都是如此吗？越是珍贵就越是脆弱，也就越短暂。就如我们的青春年华，在时光的长河中，不也是昙花一现，犹如白驹过隙，悄然而逝吗？在人的一生中，能如昙花般拼尽一生的力气，开出别出心裁的花朵，哪怕没人欣赏，只要自己开过美丽过，也就够了。

武夷竹韵

武夷山之美，离不开漫山遍野的青青翠竹。那些竹，肆无忌惮，密密麻麻，点缀着这一片碧水丹山。水边的竹，婀娜、秀美、丰姿绰约，精致而风雅。像小家碧玉，宁静、柔和、自然、亲切，给人一种俯仰山水的无穷韵味。

路边的竹，从容，温暖。如仪态万方的迎宾小姐，别有一番叫人回味的韵致。她们带着生命的热烈与蓬勃，拼命向上长，有拔节而高，不骄不躁的虚心，努力向世人证明自己的坚贞品格和不屈气节。

山峰上长出的竹子，有郑板桥的“咬定青山不放松，立根原在破岩中，千磨万击还坚劲，任尔东西南北风”的顽强精神。一株株，一棵棵，身躯挺拔，直插云天，显得豪放、粗犷、谦逊。

清风拂过，静立的竹像隔世的情人，亭亭不语；动态的叶，轻轻地随风摇曳，婆娑起舞，悠扬曼妙。此时，竹林上空，缓缓流泻的是柔柔烟雾，缭绕的是一抹清清幽静。

舞着的竹，不知不觉间就氤氲成一片轻纱。那舞姿裹携着一份说不出的轻松，如滑过红尘的心思，悠闲，恬淡。把散落的情绪拾起或放下，所有的深绿、浅绿、嫩绿，都温润地低吟浅唱起来。如高山流水的仙乐，亦如跌宕起伏的一行行古诗词。

无风时，竹像大家闺秀般，颔首低眉，羞涩多情。拥黛披绿的身姿，让山谷生辉。偶尔传来的几声鸟鸣，打破寂静，渲染出隔世的梦幻。

天心岩的传说

传说在武夷天心岩不远处有个村子，村里有朱、万两位侠肝义胆的青年。他们勤劳能干，乐于助人。后来，那地方连着几年发生了天灾，村民种的庄稼不是旱死就是被虫子吃个精光，颗粒无收。村民欲哭无泪，许多人被活活饿死。看着平日里活蹦乱跳的兄弟姐妹们一个个等着饿死，而有钱有粮的财主又不肯拿出粮食来救济这些在生死线上挣扎的贫苦村民，这两位青年是急在心头、痛在心里。

在忍无可忍的情况下，朱、万两位热血青年带着村民，勇敢地冲进了地主老财家里去抢粮食。粮食是抢来了，人们欢呼雀跃。可是，地主老财都同官府有着千丝万缕的联系，几个地主老财连忙跑到崇安县城去说有人造反了。

官府是最怕老百姓造反，也最恨造反的百姓的。他们马上调来大批人马要活捉带头造反的朱、万两位青年。

村民得知这个消息后，万分焦急。正当大家焦头烂额觉得无计可施时，有个足智多谋的人出了个主意：何不躲到天心岩上，让他们永远也抓不着！为此，众乡亲连夜把一些吃的、用的搬运到天心岩上。

天一亮，官兵就一拨拨地开来了，躲在上面的人，将木梯拉了上去，那些赶来的官兵只有干瞪眼。但是，抓不到人，他们岂肯善罢甘休。后来，官兵们把天心岩围得水泄不通，扬言就是抓不到，饿也要饿死他们！

让大家万万没有想到的是，那些官兵在天心岩的下面，一守就是三年。下面的官兵守得筋疲力尽，而躲在上面的人也心急如焚。怎么办，已经水米未进好几天了，再这样坚持下去，就真的要饿死在天心岩上了。

真是天无绝人之路，那一天清晨，天心岩的上空飞过一只老鹰，不知怎的竟把嘴里叼着的一条鲤鱼给丢了下来，而岩缝上也不知什么时候长出了青菜。也许是上天垂怜，也许是好人有好报……

两位聪明而机智的青年马上就想出了一个绝妙的办法来：他们把那一条活蹦乱跳的鲤鱼和一棵沾着露珠的青菜，从天心岩上扔了下来。守在下面的官兵看到了就说："不守了，不守了，再守下去也困不死他们，上面能养鱼，还能种菜！"说完后，作鸟兽散。

蜈蚣桥

建瓯岭头村的山脚下，有一个默默无闻的山后村，村子里有一座默默无闻的廊桥，叫山后桥，也有人叫它蜈蚣桥。

这座有着千年历史的桥，有着一个曲折离奇的传说。听老父亲说，很久以前，山后有一座粮库，仓库里存放着很多国家的粮草。在堆积如山的粮食面前，老鼠们闻风而动。数以万计的老鼠不断糟蹋粮食，怎么灭也灭不了。管仓库的官员急得像热锅上的蚂蚁，粮食要是被老鼠吃光了，那可是要杀头的，怎么办呢？后来，这位官员经高人指点，说是在仓库对面小溪上建一座蜈蚣桥，鼠患可灭……

几个月后，蜈蚣桥建起来了，这桥还真像一条张牙舞爪的蜈蚣。桥头是大张着嘴的蜈蚣，正对着村子里的那座粮仓。也真奇了，从此后，粮仓里再也没有危害粮食的老鼠了。

若干年后，建瓯经历了一场改朝换代的战乱，山后粮仓也在这场战火中化为灰烬。经过几次的反复修葺，这座桥至今还完好无损，依旧保持着一种古朴、端庄。遗憾的是，原来用各种形状的石块做成的桥面，被水泥抹得平平整整，走上去觉得少了一种历史的厚重感。

留在岁月深处的蜈蚣桥，因地处偏僻，没有文人骚客的青睐，可它确是建瓯现存为数不多的廊桥之一。

尽管这座经过无数风雨洗礼的廊桥似乎命中早已注定要被人们遗忘。但是那凝聚着古代工匠精湛技艺的桥，那每一根粗大的柱子，每一个斗拱都有着不同凡响的魅力，向人们展示着一种久远的地方文化。

茶香袅袅

夜凉风起，树影摇曳，灯光斑驳，远处的天空，半个月亮挂着，显得神秘莫测。一座座青山静静立着，仿佛在等待着谁的目光抚慰。我独立窗前，秋夜一样清凉的心，穿越点点灯火，穿过树上静静等待着一生中最初苍老的叶片，走向远处。

清冷的风，一阵又一阵地从山谷那边吹来，吹得头发和衣袂飘飘，像一只飞倦了的蝶，黑夜里寻找落脚的泥土。眼前如银河一样的灯火，哪一盏是为我点亮的？摇摇头，肯定地对自己说，这灿若星辰的人间灯火，没有一盏是为我而亮的，真的。如此，悲凉间，又深了几许新愁。

“一瓯解却山中醉，便觉身轻欲上天。”脑海里无意间冒出的一句诗，让我有了对茶的渴望。心微微一动，也许这样的夜需要一盏茶来温暖一下吧。于是，紧一紧身上略显单薄的衣服，拢一拢被风吹乱的头发，转身动手为自己烧一壶茶。水是下午从山涧带回来的清泉，茶是几天前在一个叫什么香的茶行买回来的红顶山人。

说起茶，还有一段外人不知的故事，原先我是不喝它的，爱上它都是缘于同事中那位红茶迷。因为她爱喝红茶，总是爱说她的茶经。直到有一次，从她手中无意间喝上一杯后，竟也鬼使神差地迷上了红茶醇厚气息和令人回味无穷的清香。从此，我也成了红茶迷。都说喝茶喝的是一份心境，一份雅致，一种生活。我总觉得喝茶就是喝茶，跟什么都搭不上边儿似的。不过话说回来，能在忙碌生活中坐下来为自己烧上一壶喜欢的茶，这确实有一种难得的惬意。

很快地，灯影下茶壶里的水汽袅袅升起，小小房间变得像雨后山谷烟雾茫茫。喝茶的前奏是冲茶，冲茶特有意思，看茶叶在沸水冲击下，慢慢舒卷开来，在水中沉沉浮浮，仿佛人生正经历着一次又一次的磨炼，辗转挣扎间，原本清澈的水渐渐有了些许颜色，红得圆润而透亮，像琥珀，更像是一朵阳光下盛开的菊花，芳香宜人，淡定从容，这样的茶尚未入口已满屋生香，让人久久难忘。

人生忙碌，需要茶来淡薄。所以，今晚也学古人煮茶，吃茶，希望这红茶能让我人生从容，安然尘外。果真在茶水的浸泡下，心静如水，却有许多人生感悟涌出……

几杯茶下肚，茶香欣然而至，直抵心扉，所有的伤痛烦忧就会随风而散在窗外深深的夜色里，了无痕迹。心在茶水的抚慰下，平静得像从没被吹皱过的湖面，看不到一丝涟漪。茶把沉淀在脑海中的思想和孤独稀释，一颗千疮百孔的心浸染在茶的温度里，舒适宁静，那种感觉要多美妙就有多美妙。

茶盏里的茶袅袅，香气氤氲，人在茶香里坐着，就这样静静坐着，伴随着这秋夜的静谧，感受一份来自尘世外的芬芳。

有时喜欢端一杯茶站着，杯中的茶润泽、芬芳，如秋夜无法言说的心事，低眉间，任手中的茶冷去，任自己心静如水地站成一棵树的姿势。如此痴迷的站立，不再是为了等待谁从这棵树下走过，站着只想让千里月光推开心窗……

“青灯耿窗户，设茗听雪落。”此刻没有落雪可听，但在品茶中世界静了下来，静得只剩下我自己。听！窗外有窸窸窣窣落叶之声，在空气里斜织着月色朦胧的夜，斜织着心的阡陌。

旧报纸

小时候的记忆中，报纸不是用来阅读的，而是用来装饰生活的，或作为生活用品被百般地珍惜着。家里吃饭的四方桌，一面紧靠黑乎乎的壁板，三面坐人。杉木饭桌被母亲擦得泛着淡淡的黄色光泽，木板黑得让人倒胃口。父亲去村里讨来几张报纸，母亲用米汤牢牢地糊上。有了报纸的遮掩，饭桌前就变得亮堂、干净、文化起来。好友凤来我家，看到报纸就爬到凳子上用手轻轻地抚摸，很羡慕很喜欢的样子。村子里不少人家饭桌边或房间床头上都糊着两三张这种报纸，这是一种时髦。那时的报纸金贵，不像现在，到处都是。

从前，农村人大都不识字，识字的也没时间看报纸。报纸在村部，被牢牢地锁着，一般人看不到。谁想要，就去村里讨，能不能讨得到还不一定。

饭桌前的报纸总共四张，一张倒着，两张横着，只有一张是端端正正地贴在那儿。报纸天天陪着我们吃地瓜饭，喝稀粥，过着清淡的日子。被饭菜味儿熏得颜色渐渐变得灰暗，也没有换它。我天天看着，却不认得上面的字。母亲说若要认得报上的字，就要去学堂上学。于是，我就吵着要上学。

最奢侈的要属办新婚了。几个人用一张张旧报纸把新房四面连楼顶都糊起来。糊上报纸的新房，被大红喜字映照得喜气洋洋。

正月给长辈拜年，送的冰糖也用报纸包着。端午节前小店卖的节饼，有的用黄油纸，有的用报纸包着，垒在柜台前。

外婆的针线箩里也有一张被折叠得四四方方的报纸。当她从衣柜顶上端下针线箩，戴起老花镜在那儿专心地缝补时，我老在她身边转悠，不舍离去。其意不在女红，而在那张被外婆看成宝一样的报纸。总想趁她不注意时，把藏在针线箩底的报纸偷来玩。外婆就是不肯，说是用来剪鞋样的……这就是我对报纸的最初记忆。

我家的梨树

隔着时光，对着那些梨子，静下来等待，体验着生命成长的精彩与激动。时光不觉逝，已入冬了，我却想起那个梨子收获的季节，想起我家的梨树。农历七月，是我们的梨子节。那时姐弟几个，有一个多月的时间，是在拼命吃着梨子中度过的。生的吃腻了，就吃熟的，吃法很简单，就是将梨子的皮削了，切成小块，放入冰糖炖熟，既好吃，又可治咳嗽。父亲见了总要笑着说："几条梨子虫吃梨子那么厉害。"而母亲则天天抱怨，做下的饭又剩下好多了，不吃饭，多可惜哪！

我们在一旁暗暗地笑，梨子虫也好，不吃饭也罢，还不是因为家中的梨树种在鱼塘边，水分充足，一个个长得虎头虎脑、粗粗壮壮的。大的梨子一个有一斤二三两重。吃进嘴里脆脆甜甜、水水灵灵，好吃得让人不知道世上还有什么别的美味了。至于饭，更是可有可无的，难怪母亲要抱怨了。

据说梨子可做成梨子膏，梨子羹，还可酿成梨子酒。但梨子更让人称奇的是一个父亲讲的治好不治之症的故事：从前村子里有个人得了一种怪病，请了许多医生来看，都说是不治之症，弄得病人十分悲哀，整天在那儿唉声叹气。有天村里来了一位游方

医生，那个得了怪病的人不死心，抱着一线希望找那位医生看病。这位医生看了病人后说："要治你这病其实也很简单，你只要买上一船的梨子，然后吃住在船上，等到那一船梨吃完了，你的病也就好了。"那人听了后心想：只要有一线的希望也要试试，何况梨子也不是什么娇贵的水果，穷人还买得起。待到梨子熟了的季节，他果真按医生说的，租了一条船儿，系在河边。买了满满一船的梨子，自己天天躲在船上，从不下船半步。等到一船梨子吃完，他的病果然奇迹般好了。

再说我家那一树梨子，丰年时至少也有一两千斤，自己吃，再送一些给左邻右舍，其余的就是拿去卖。卖的钱给我们读书时买本子、颜料等学习用品。

梨树，我家的梨树，滋润过我们无数艰难困苦日子的梨树，无论岁月怎样的更替，无论我身在何处，记忆深处的梨树总是那样亲切，那样温情脉脉，那样令人难以忘怀。

梦中之城

一直想拥有一间小小的房子，让我从白天待到黑夜，从青丝待到白发，永远永远待那儿。黄昏来临的时候，站在阳台听溪水哗哗流动的声音，看点点渔火把黑夜点缀。清晨睁开惺忪的睡眼，看阳光满天，鸥鸟飞翔。迎面吹来的风，让幸福像散开的云霞到处都是。梦想中还真的看见了这样的城，它就是武夷新城，理想之城，梦中之城。

那一刻，好像是沿着一条彩云铺就的路，飘飘地走向它。远远地就望见，楼房依山而建，背后靠着层峦叠翠的延绵大山，前面是美丽清澈的崇阳溪水。建筑高低错落，层次鲜明，具有现代城市的风范。

当我一脚走进它才知，这是座环境优美、民风淳朴、邻里和谐的城。这里空气清新，没有污染，没有噪音。公共生活丰富多彩，社会治安良好！人人友善，不偷不抢。

连接这座城有便捷的交通网络，无论你是坐汽车、火车、飞机，都能很容易地到达。城里有先进的生活设施，公交系统贯穿全城，人人都能乘公交车上班、上课。一条条纵横交错的充满活力的街道上有繁华的商店、医院，宽敞明亮的校园，幽静的休闲场所，繁花似锦的城市公园。

蓝蓝的天空飘着朵朵白云，四季都有开放的花儿飘荡着迷人的香味儿。生活在城里的人们上班的上班，做工的做工，用自己的双手默默无闻地去创造幸福生活。一切都是那样的井然有序，那么的安宁淡定。黄昏过后，整座城市华灯齐放，江水在灯光的映照下犹如童话世界里的彩虹桥。居民踏着优雅的舞步，在月光下的广场中舞蹈翩跹，展现人们热爱生活的激情。笑容满面的人们在繁华的夜色里聚会，看电视，读书，听音乐……入夜，湛蓝天宇，繁星璀璨，浩瀚星空和我们约会，人们尽情享受着自然赋予的宁静与快乐。

新城建设者们，在努力提高人民群众物质生活的同时，也着力提高人们的文化生活水平，重视社区群众文化建设，改善文化基础设施条件，让这座城市更有文化品味。重视环境保护，形成人口、环境与发展的良性循环。开发利用更多的自然资源，让居民生活得更加舒适。

就是我心中的理想之城！

五月桐花

站在五月的楼头望去，不远处的一座山上，上面是一大片竹林，这时的竹林一改往日青翠欲滴的婆娑绿意，呈现出一种病态的苍黄，有种让人不忍目睹的心酸和叹息！就像一位大病初愈的美人带着几分憔悴、几许苍凉。倒是山脚下那几十棵梧桐，叫它梧桐我总觉得有点勉强，不知会不会叫错了，因为在网上我看到的桐花，它们是淡紫色的，一串串的。大概这种被我叫作桐花的乡下梧桐，根本就不是书中描写的那种能招来凤凰的梧桐。

但有一点是可以肯定的，这种桐树它们结出的一个个绿色的如蒙古包般的果实，榨出的油却是做油纸伞的好材料，戴望舒雨巷中那位结着丁香一样愁怨的姑娘撑的伞，就是用这种桐油做的。

那些在阳光怀抱中张开的一树树洁白的花事，让我频频向它张望，看到那一大簇一大簇开在绿叶上的桐花，就如同看到曾经瑰丽的青春，那无忧无虑的日子，天天让一缕缕花香穿越八千里路的云和月，来到甜美的梦乡。只是，只是，我已突然长大了，变老了，根本无法顺着这些洁白无瑕的心事，走进时间深处，让一个个美丽的梦从沉睡中醒来，让一颗颗狂喜的心在浩瀚的晴空

中，在落花纷纷的桐树下，惊喜地捡拾一朵朵的花儿。或者如古代的女词人般，在心头点上一炷檀香，然后就着那袅袅悠悠的香魂，用人世间最美的词写一首温婉的小诗，抒发内心的凄凉和忧愁。

可是，可是，岁月无情，再也难觅当年坐在楼头沉思的悠闲恬静的胸怀了，那时的我只要父亲赶墟回来给一块光饼就会高兴半天。或是母亲在我的旧衣服上补一块新的补丁就可以向同伴炫耀几天，那日子要多美有多美。而如今，别说让那些白色的小精灵同我对话，就连看那些花儿都成了唯一的伤感，我想那些花一定是春天遗落在我眼里的一滴滴清泪吧。因此，内心里更多的是一种历尽磨难的沧桑味道，味道之中却是穿越季节而来的生命！

梦中的胜德山庄

一脚迈进胜德山庄，宽阔的广场，扑面而来的喷泉，流水潺潺之下，令人倍感新鲜。透过一条狭长的林荫夹道，不远处隐隐约约的红瓦粉墙，亭台楼阁，如人间仙境！这深藏于喧嚣闹市中的世外桃源，大有“结庐在人境，而无车马喧。问君何能尔？心远地自偏。采菊东篱下，悠然见南山”的诗意。置身其中，让一向喜欢东方抱朴怀素的我，情不自禁地沉醉在这充满民族风情的画卷之中。

胜德山庄，它洒脱、奔放、厚重、淳朴的风格，只需轻轻一瞥，就能让人着迷，让人不由自主地坠入一见钟情的玫瑰陷阱里无法自拔！这具有东方浪漫情调的景致，是我阡陌之上不曾遇见过的风景！走进这，还误以为踏进了一座童话王国，一座美丽善良的公主和勇敢多情的王子居住的城堡里了。

美景面前，心好似被一曲琴音拨动下的一湖春水，微微动着。迷蒙之间，仿若自己就是坐着那辆南瓜马车匆匆而来的那个女孩。此时，身上穿着一袭拖地长裙，美妙的水晶鞋，正踏在那条象征着吉祥如意、美好精神家园的路上。缓缓地行走在鲜花朵朵的林荫道中，是那样的安详、宁静、惬意。

瞬间，来到一幢似曾相识的楼房之下，对了这就是我梦中的家园。一时间，欣喜若狂，我走到家门口了。随之，轻轻提起裙裾，拾阶而上，以主人公的身份，很熟悉地从一扇精美的雕花小门进入。

在这儿，我没有刘姥姥进入大观园的窘迫和尴尬，有的只是一种难得的从容舒适、随意和美满。我张开天使般的双臂，在宽大豪华的客厅里来个华丽的旋舞。尔后，倚在一扇窗前，看荷花点点，荷叶片片，摇曳生姿。远处崇阳河在静静地流淌……

眼中安静的江南画面，浸染出如诗如画的意蕴，自然和谐。一阵远古的风徐徐而来，如一双温和之手，抚摸我一张为生活而疲惫的脸，心中泛起一阵涟漪，这是一片无污染的天空。白天阳光如水，夜晚月华千年如故。

胜德山庄，这镶嵌在闽北的宝珠，闪亮着五彩的光芒，这儿的天是湛蓝的，风是柔和的，阳光是明媚的，这是一片灵魂安静的住所。是芸芸众生，千辛万苦寻觅的理想家园。这可以把一切纯真、简约、恬淡的梦放置，可以抛开人世间的前尘过往，独奏一曲清婉梵音，忘却烦恼，任凭世事沧海桑田。闲暇时，静坐于俗世一隅，看红尘来去，听大地唱着江南丝竹般轻婉、悠扬、古老的歌谣，于静美中体会，品尝生命中的平和、淡泊。或在一盏清茶氤氲的香气中遐想，一任思绪在自由的天空里，踏着落雪般的花瓣，走自己平平仄仄的人生，多美！

是谁在耳边轻轻地唤着：“姑姑！姑姑！怎么睡着了？”我揉揉睡眼，迷迷糊糊地问道：“我们这是在哪儿了？”侄儿天真地咯咯笑着：“做美梦了吧？我们这是在胜德山庄门前大坪的喷泉边。”

没有完全清醒过来的我，还在梦中美轮美奂的景色中流连忘返，于是，对着他没头没脑地说："真得感谢这一场白日梦哪！"

如果有一天，真的让我，躲在这静雅的世界一隅，卸去一身疲惫，看红尘来去，过一辈子悠闲自在的日子，多好！

站在秋天的最高处

深秋的山林淡薄而寂静，积蓄着凉意与落寞。其实这已是初冬的季节了，而在南方的我，还是喜欢把它叫作深秋。树上的一些叶子耐不住季节的召唤，纷纷落下，淡定优雅，宛若某个旖旎之梦的出口，静谧馨香。岁月的年轮，碾碎了曾经的青翠与华丽。像一幅历尽沧桑的水墨画，把一幅秋天的图画，铺陈开来。

寂寂森林中，我看到了生命的盎然与失落。或许所有的生命都是在这样不断凋谢与受伤中成长的。这些山野的树木，是不是也领会了“苦难如果不能省略，那么我们只能沉着面对”这句话的精髓了？

山路边有一棵桂树，浮动着暗香，柔软而温润。就像杨万里说的：“不是人间种，疑从月里来。广寒香一点，吹得满山开。”光影里曾经的过往，如一树的桂花，平淡而细碎地绽放。寂寞的秋水，携野果野花的香气直抵肺腑，心结就被打开了。于是，自己醉了，醉意淡淡的，有些朦胧，有些虚幻。小潭边一丛芦苇，举起几朵洁白，衬托着远山的秀美和天空的蔚蓝。流水潺潺之声，让寂静的山谷凭空多了几分热闹，梦里依稀聆听过，细致、婉约，如丝竹之乐。

桂花的灿烂金黄与菊花的袅娜清新，仿佛秋天的一份简单心事，随着层层石阶忧伤地跌宕着。这些在古诗词里镀着金黄色彩的花朵，紫陌红尘中与我相逢，有着说不清道不明的亲切。

日暮乡关，夕阳已开始没入远山的背后，天空也变成了暗红色。山风吹来，吹起一地落叶，吹起一些往事：淡淡的眉间轻愁，浅浅的嘴角笑意，心沦陷在若有若无的思绪中。尘世多舛，人心叵测，或许，此生注定要有许多的凄苦与伤痛，是与生俱来的祸，躲不过的劫，生命就是要在这不断的受伤与复原中成长，就像眼前的花朵，要历尽世间的凄风苦雨，才可开出“宁可抱香枝上老，不随黄叶舞秋风”，没有功利，没有奢求的高风亮节。

生活其实并不总是凄苦和无奈的。猛然间，记起外婆亲手做的桂花糕，香糯而温馨，包括外婆那张善良而朴素的脸，这是一份童年微薄的幸福。还有母亲那张沧桑过后，如野菊花般对着我微笑的脸，她悄悄地塞给我一张从寺院里向师父讨来的泛黄纸片，上面写着：“寒山问：‘世间有人谤我、欺我、辱我、笑我、轻我、贱我，如何处之乎？’拾得笑曰：‘只要忍他、让他、避他、由他、耐他、敬他，不要理他，再过几年，你且看他。’”

喜欢在文字上寻找依靠、寻找温暖的我，将所有的渴望都藏匿在花朵的最深处，静谧、安详，微笑或哭泣。风起的日子，指尖开出的花朵，微凉，似乎还溢着清苦，这份凉苦正可以用来抚慰伤口。

凌空而过的小鸟，一阵叽喳，打破这宁静。远山若梦，闪烁出人间烟火。七彩的希望，隐约的记忆，一些渐行渐远的情愫，缓缓地在指上行走，带着悲喜，站在秋天的最高处！

微沙薄凉了轮回

古人说:“天街夜色凉如水，卧看牵牛织女星。”小时候，七夕这天，一群女孩真的躲到葡萄架下，想偷听牛郎织女甜蜜的谈话。那时夜色中弥漫着一种未曾触碰过的浪漫气息。周边不知名的小花小草，也会变得诗意横生，香气扑鼻。悄悄地抬头仰望星空，凝视时，时光凝眸中，更多的只是一种对这美丽传说的好奇。可是年少的我们没耐心，蹲在那儿不久就半途而废，什么也没听到。或许，一直等待下去，等到海枯石烂的那一刻，便可见证“金风玉露一相逢”的最佳景色了。

今夜柔和的月色之下，依依杨柳，风中翩跹，滚滚红尘，顿生寂寞，有一苍凉和疑问从心底升起。浮华尘世，谁还会在葡萄架下痴心等待，等待那一场早已经凋谢的故事？谁能将红尘所有语言，褪下苍白的外衣，镀上一层迷离色彩，让童心依旧，浪漫依旧?

锦瑟年华，记忆中流走；清曲似水，心头掠过。曾经，仿佛一直在等待一个晴天，诉说灿烂情怀，一直在等一个美丽的黄昏，等待有谁慢慢靠近，而后坐在草垛上看夕阳西落，满天红霞。一任晚风温柔的手，轻轻抚摸落寞的脸。等待一个清新的雨后，欣喜的梦幻碎成一地落红……可是，花开花落，一载又一载，千帆过尽，眼前依旧空无一人。除了山的空寂，水的无情，只有那些住在风尘里的微沙薄凉了轮回。

一路缓缓而来，孤单无依的行走中，任其沦落天涯。春夏秋冬，绕指而过，风不知从何处飘来，雨亦不知从何方坠下，心莫名地酸楚。

风吹在空无一人的旷野，吹在微凉的心海。看百花凋零，花瓣飞舞，落得眼眶潮湿。我的梦，终究只能是梦，以至于在岁月中，白白地度过一个又一个无人能懂的黄昏。落日泛起的点点金黄彻底击碎了所有希望。可见，上苍从来没给我任何希望。

临窗而立，时间在指尖悄无声息地滑落。语未尽，心已倦，碎碎的泪水，像断落的珠儿，噼里啪啦，散了，乱了。

阅尽人生风景的茶

生活忙碌，很少有时间去细细品尝一壶清茶。

一个静静的黄昏，独自站在楼台凝望遐想，一口一口地品着醉红岩的茶，清理一下一度困惑于心的积怨与纠缠，感受一份别样的宁静。

岁月沧桑，默默无语，乳白色的水汽和灰白色的雾霭交融在一起，远方一轮落日有点辉煌，有点绚丽。想象的暖沿着春日的藤蔓到处攀爬，不经意间就爬上季节的薄凉处，感觉有浅浅的心事随着忧伤细数。

苍茫天际，一群不知名的鸟儿远远飞来，它们不时地变换着队形，好几次竟然在空中写出一个大大的茶字来，这不得不让人有点儿惊讶。是不是鸟儿看到了此时的我正站在楼头，捧一杯醉红岩的茶？

一群飞鸟和手中的一杯醉红岩茶，让这个平常黄昏变得生动诗意起来。

当飞鸟飞出视线之外，留给我的只有手中的醉红岩茶，醉红岩是一种让人醉在红尘里的茶，也是一杯能让人产生许多联想的茶。杯中的茶水像家酿红酒，也像“葡萄美酒夜光杯”里的美酒；它还像夕阳下被霞光染红的草木；像一位江南女子杏眼柳眉，粉嫩的脸蛋儿泛着胭脂的红……红红的泛着迷人的光彩，这红的颜色，带着水的气质，叶的清香，有着无穷的魅力与诱惑，让人挡都挡不住。

渗透着人生百味的醉红岩，含一口在嘴里，茶香会沁入心脾。徐徐吞下，有种历尽自然风雨洗礼的味道，它能冲走心中的疲惫和倦意。过后唇齿间留有涩涩的香，内心里就有了徘徊不去的灿烂。这灿烂开出的花儿，能让许多微澜的心事就此尘埃落定。

一杯茶能阅尽人间风景。突然明白，喝茶，不论是在清晨或黄昏，还是在月光下，都是一件美事，它让能令人思绪飞扬。

我的马齿苋情结

小时候，记得母亲常常把一篓一篓叫作马齿苋的野草带回家，煮了喂猪。

后来我生病了，身上不明原因地出血，常年辗转于各医院，却总不见好转，苦不堪言哪。病情稍有起色点就回家养着，这时母亲就会找来很多很多的草药让我吃，时时弄得我难以应付，好像我的肚子是个草药铺子，什么药都有了。只要有人说什么草能止血，母亲马上就不辞劳苦地找来让我吃。这草中就有马齿苋，记得那天中午上桌时，我看见一碟炒得灰不溜秋的青菜，被母亲特地小心地移到我的面前。我问："那是什么呀?"母亲小声地说："豆瓣菜。""那不是猪吃的吗?"我惊呼了起来。人也能吃的，在饥荒的年代人们都吃它。

"1960 年的一天，我们饿得实在不行，在收工的路上有气无力地走着，看到地里长着许多这样的菜，眼睛都亮了起来，几个女的就开始动手拔。看到别人拔，我也动手了，可就是让我拔回来我也吃不了，除非生吃它差不多，那时我们的家被占去做食堂，不像别人家一样至少还有一口锅在那儿，可以用用。这时生产队长不知怎么看到了，不但没收了我们拔起的马齿苋，还扣了我们的晚餐，劳动了一天哪，真是作恶呀……我是听人说这菜能止血才弄来给你吃的。”在母亲那慈爱的目光中，我不得不夹起菜塞入嘴里。啊！这哪是人吃的，那股酸酸的怪味，与平时母亲煮给猪吃的潲味一模一样！我想吐。看我皱着眉头的样子，痛在心里的母亲眼里含着泪水，为了母亲的爱，我要吃，于是我强忍着因生病而失去的胃口，笑着说：“妈，不管怎么说，这草总比那些西药好吃多了。”见我边说边装出的狼吞虎咽的样子，母亲不展的眉头才慢慢地舒展开来，脸上露出自我生病以来难得的笑。可是我分明看到，母亲满是皱纹的笑容上有一滴晶莹的泪，在转身时落在了她粗糙的手背上。

后来，在一次散步中，看见路边有很多马齿苋，好像在哪篇文章中看到过有关马齿苋的传说：书上说马齿苋是种晒不死的草。拔下它，在太阳底下暴晒，看它枯萎死了，可一场雨，它又能扎根展叶，依旧生机勃勃，丝毫让人感觉不到它曾经经历过生死劫难。马齿苋之所以晒不死是跟后羿射日有关。后羿射下八颗太阳后，找不到第九颗了，其实，那第九颗也是最后一颗太阳，就藏在马齿苋底下，躲过了后羿的神箭。马齿苋久晒不死，是太阳对它的回报。我正津津有味地说着这个故事，同行的老张却跟我唱起反调。她根本不听我说的故事，却自顾自地说：“这野菜很好吃的，那天采了一大盆，我还没上桌，几个小孩就抢了个精光。”“哦！还有这事？”联想到自己吃马齿苋的经历，我有点不大相信老张的话。老张不理会我，跳下菜地就手脚麻利地拔了起来，受她的影响，我也开始行动了，我捧着一大捧，叶子肥厚有点像豆瓣，茎有点儿微微发红的草，就像看到在我困难时给过我无私帮助的知心朋友那样亲切。马齿苋呀，马齿苋，你这在远古传说中救过太阳的草，是多么的

渺小，多么的不起眼，可是在饥饿时，在有病痛时，人们首先想到的总是你。多好的草呀！

这天傍晚，我将采来的马齿苋放在清清的水中，细细地洗净，然后，加了各种调料，炒了一盘，坐在月光下慢慢地品着，那味儿果真是美得不得了！

鼠曲粿

清明时节，看到那一条条弯曲的田埂上长出许多灰白色的鼠曲草，想起这草做出的米粿特好吃，忍不住馋就动手采了起来，不一会儿工夫就采了一大包。

采回家后我却犯愁了，小时候都是妈妈做，我只要等着吃就可以了，现在妈妈不在身边，只能自己做，可真难为我了！

记得母亲是先烧开一锅水，把草用滚水过一遍，挤干水分，剁得细细的备用，然后把草倒入米浆中搅拌。我试着用面粉代替米浆，调成糊状，再把剁好的鼠曲草放进面粉糊，然后加些白糖搅拌均匀。锅热后放入食油，待油冒出香味后倒入搅拌好的面粉糊，过一会儿，翻一面再继续烙，直到熟，铲起，一块不规则的呈暗绿色的鼠曲粿，确切地说应叫鼠曲饼，就好了，闻着清香扑鼻，不知吃起来味道如何？

小心翼翼地放一小块到嘴里，哇，好吃呀！这可是开天辟地第一回吃到这样的美味，香香甜甜、柔柔滑滑的，带有一股奇异的香……不曾想我小试牛刀就大获成功。于是，大呼小叫，把所有能请到的人都请来，让大伙也品尝品尝这人间美味！当大家用油腻腻的嘴对我说：“不错，不错，真好吃，这可是你的处女作呀！”听见大家这么说，我高兴得差点找不着北了。

聆听童谣

童谣是一条河流，一条布满童趣的文字之河，童年时我们全变成一条条鱼，在童谣轻歌曼舞的掌纹里游着，一任古老的浮云与童稚的歌声，在血液里流动，发出天籁般的声响……回顾 60 年来儿童所唱的童谣，从这些童谣的变化中，我们看到了祖国从贫穷落后走向富裕，走向强大的历程。

说起童谣，谁都不陌生，每个人在还没上学之前，在牙牙学语之际，就接受了童谣。因为，童谣属于口头创作，最适合儿童诵唱，所以童谣有着动画、故事等无法替代的作用。

童谣是活教材，是孩童生活里不可少的一部分。在日常琐碎的生活中，童谣不经意间就深深植根在儿童心里，并在儿童成长过程中起着不可估量的作用。20 世纪五六十年代，农村孩子唱充满着泥土气息、流传几千年的“月尼奶，月光光，驮把伞儿走四方”的童谣。那唯美的韵律，像大自然的呼唤，时深时浅地敲打着儿童的心岸，那美妙的声音融入儿童血液里，在心灵生出花一般的期盼，馨香那些潮湿的呼吸。苦涩而苍白的生命，因为童谣的芬芳而溢满了蓬勃的气息。那时的童谣，就像一部黑白电影，一张黑白照片，贫穷、单调的生活，因为这些有趣的童谣，变得温馨，快乐，幸福，圆满。

在那崇尚英雄的年代，童谣里也充满了英雄的故事、英雄的名字以及热爱祖国、热爱人民的感情。所以童谣还承载着革命传统教育的内容。城镇的孩子，特别是女孩，她们三五成群，边跳橡皮筋边这样唱：“董存瑞，十八岁，参加革命游击队。”“刘胡兰，真坚强……”童谣唱出的是少年儿童对英雄的崇拜与热爱，也唱出了儿童对新生活的渴望与期待。

青绿色的草地上，众多孩子围在一起唱：“我在马路边，捡到一分钱，我把它交到警察叔叔手里边，叔叔拿着钱，对我把头点，我高兴地说了声，叔叔再见。”曼妙的童音在云雾间缭绕，背景是一望无垠的蓝色天空，多么美丽的风景，多快乐的童年！

《一分钱》这首童谣优美的旋律曾深深地拨动着中国儿童纯洁的心灵，每每听到这，孩子心中总会涌出一股温暖，一种前所未有的冲动，多想自己也能捡到一分钱，做一回拾金不昧的英雄。这童谣，让无数孩子喜爱，着迷！传唱中，童心就这样被温润得善良起来，这就是童谣的无穷魅力！

与《一分钱》同时期，在闽北广为传唱的一首童谣《小小灯盏糕》是农村孩子生活的真实写照。童谣里有几分心酸，几种无奈。在那个缺衣少吃，又没钱的童年，是那些童谣里回荡着银铃般灿烂的童音，带给我们欢乐，让我们在物质贫乏的年代也可以尽情地放牧自己的童心，做一回精神上的王子或公主。

《小小灯盏糕》这首童谣还被一名军人带到了部队，很是风光了一回。据说：某村一青年到部队后，在第一次联欢会上，那些来自天南地北的战士都表演了一个拿手好戏，唯独我们闽北的这位新兵，面对如此艰巨的任务不知如何是好。这个农村出生的孩子，你叫他做农活，他样样都会，你叫他表演节目，那可比登天还难，因为在家乡他就没上过学。可是战友们又不肯放过他，这时起哄声已一浪高过一浪，怎么办呢？情急之下，这个新兵突然想起自己在家乡天天唱的童谣：“小小灯盏糕，五分钱一块呀，看又看得见呀，袋子又没钱，走去问依也（依也就是妈妈），依也又骂人：死囝子，打短命呀，一天吃到晚。”不想这赶鸭子上架，又是用闽北土话唱的歌，却在遥远军营一炮打响，那热烈的掌声，不亚于现在一些当红明星在舞台上唱流行歌曲。其实在那儿，没有一个人能听懂童谣所唱的内容，是那质朴的旋律在同伴们的心里引起了深深的共鸣。

童谣虽是儿童唱的，但也与我们的生活息息相关。童谣不是无本之木，它是要有一定的社会土壤的，什么样的环境就会产生什么样的童谣。到了20世纪80年代初，这时温饱已不成问题了，孩子们也不会为要吃一个五分钱的灯盏糕而被父母责骂了。这时人们的观念发生了翻天覆地的变化，全国上下，开始对知识产生了空前绝后的热爱，那时的童谣就是最好的证明：“学好数理化，走遍天下都不怕。”可这种对知识的无限崇拜没几年，同是这首童谣就摇身一变成为“学好数理化，不如有个好爸爸”。随着改革开放的不断深入，人们生活不断丰富的同时，也带来了贫富的分化，社会上，有钱的更有钱，有权的也更有权了，数理化学得再好，还不如有一个好爸爸。这样，这种有点消极的童谣也就顺理成章地来了。

随着改革开放而来的还有大量灰色童谣，它们像狂长的水浮莲似的，在本要长稻谷的水田里，竟长出了让人讨厌的杂草。这些内容不健康的童谣，一时间大行其道，弄得老师和家长人心惶惶，苦无对策。不健康童谣的出现，不得不让人深思，有人觉得是适合儿童传唱的好童谣太少的缘故。当然夹杂在灰色童谣里的，还有一些改编唐诗或歌曲的童谣，但它们更多的是搞笑、好玩，无害也无益！

如今的孩子，他们再不会为温饱而愁，为衣食而忧，城里孩子过的是要风得风要雨得雨的生活。农村孩子上学实行了九年义务教育，不但学杂费、书本费全免，有的地方还免费为住宿的学生提供早餐。在这种富足而多彩的生活背景下，童谣也发生了质的变化，从他们这一代唱的童谣中，再也找不到与吃穿有关的内容了，更多的是安徒生童话似的童谣，优美动人，活泼可爱。“恐龙王子，咔嚓布，手里拿着一卡路，美丽善良的小公主……”这种童谣，深受卡通和动漫电影的影响，更多的是趣味性和随意性，孩子们怎么好玩，就怎么唱，怎么编，随心所欲。

在这短短的六十年里，祖国发生了翻天覆地的变化。无论是在科学技术，还是经济文化方面，真可谓一日千里。如今，改革开放为我们的祖国注入新的活力，祖国正以一种前所未有的崭新面貌出现在世人面前。那些充满着幻想和人生哲理的童谣，也将在儿童的生活中层出不穷，日益翻新，为孩子们带来更加丰盛的精神食粮。孩子是我们祖国的未来，是祖国的希望，他们童年生活越幸福，童谣就唱得越美，将来就能把祖国建设得美上加美！

父亲与酸枣树

我的父亲于二零一三年农历五月十二日那天走了，一个普通的农民走得无声无息，像一棵草的枯萎那样。

到了秋天，酸枣成熟，母亲上山捡拾，回来时很失望：今年酸枣真少，我看了看树上，都看不到有果实挂着！

听了母亲的话后，我特地去看她还背在身后的篓子，里面只有几个金黄色的酸枣。这与往年每次都满载而归形成鲜明的对比，怎么回事？

之后，母亲还上过两次山，也是收获甚微，就再也不去了。她不明白，就说："奇怪了，别人家的都长很多，就我们家的不长。"母亲的自言自语，我也没觉得有什么不对，不长果就不长果，这有什么不对劲的？农村人不是说果树有大年小年之分吗？

后来，一个秋高气爽的日子，与妹妹一起逛街，看到很多从乡下提着篮子来卖酸枣糕的人。看到一块块蜜糖色的酸枣糕，妹妹突然冒出一句："我们的酸枣树知道父亲要死，今年都不长果子了……"

妹妹的这句话，让我深深地震惊了，还真是这么回事哪！那树酸枣结果子这么多年了，母亲每年都要从它那儿捡来数不清的酸枣，然后做成酸枣糕，再让妹妹拿到城里卖，城里人喜欢这种纯天然的东西。今年别说卖，自己吃的都没有。

很自然地，我想起一直待在深山里的那棵酸枣树。它开的花没有大红大紫的艳丽，却同样有着蜂飞蝶舞的芬芳。满树圆滚滚的酸枣儿，虽不似动辄几十元一斤的名贵水果那样娇贵，却依旧能让人垂涎三尺。酸枣树多像我老实的父亲，平凡中总让人体会到不平凡的感动。一想到父亲，我内心就无法平静。

父亲，那酸枣树是您亲手种下的，为了纪念您栽培了它，您从小对它百般呵护，才让它年年果实累累。您离开尘世而去，它就用不结果的方式来纪念您这位善良而贫苦的老农。比起酸枣树的情意来，我们这些做儿女的就显得太不孝顺，太没人情味了。父亲，我们亏欠您太多，您把所有的心血和爱都倾注在我们身上，您在世时，我们却没有好好孝敬您，回报您，我们都是残忍的人……想到这些，我的内心就无法平静。

时间过得飞快，转眼就临近清明了。在这个令人欲断魂的季节，我一次次地走到时光深处，走到遥远而飘摇的回忆里。

父亲您活着时吃过多少苦，受过多少冤枉，对这些，您都能用一种淡若清风的纯朴之心淡然处之。您是个真正的农民，一辈子在土里刨食，把所有农活都做得炉火纯青。没上过学的您，凭自学，居然认得四角号码字典里所有的字，懂得每个字的含义，并写得一手漂亮的字，还能把算盘打得又快又准。在我心里，您非常了不起。

我也要像您一样，敞开心灵去包容尘世间一切丑陋，哪怕身处暗淡一面，也要想办法转过身迎着阳光，让心不再寒冷。如此，无论生活在什么环境，我都能拥有一颗平凡、广博、充实的心。

笋与父亲

春天万象更新，特别是竹林里的春笋，更是争先恐后地往外长，看到竹林里那些像黑脚靴样的笋，自然会想到父亲。往年一到春天，总能吃到父亲源源不断送来的笋。

父亲陈述彬是挖笋能手，不论是春笋还是冬笋。其实在农村人人都会挖笋，但被称为能手的不多。挖笋能手主要表现在多、快、好三方面。特别是挖冬笋，冬天，深藏在泥土里的冬笋，一般人是挖不出来的。当然也有人靠拼死力，本地人叫作“翻山”，意在把竹山翻个遍，这样遍地开花似的挖笋方法，在耗了无数体力后，也能收获一些微薄的希望。

父亲不是这样，他能看笋，看准了，挖下去，几乎是百发百中。跟父亲去挖笋时，他教我：先看竹，要找正当年的青翠竹子，认定竹子后，再看马桥（即竹鞭）的走向，找准方向，就沿马桥看泥土，有笋的地方泥土与别处不一样。那泥，会微微隆起，像妇人有孕的小腹，有的还会有轻微的新裂痕。你只要用山锄轻轻扒开那隆起处的泥土，就可看到尖尖的竹笋头了。若是深点的，要小心地挖掉上面的一些泥土，才能找到笋。

有天队里放开让人挖笋一天，父母不知因什么事没有去，我去了。按照父亲教的方法，初出茅庐的我就大获全胜。我的战利品中有一个大笋，怎么挖也挖不出来，最后是英阿姨帮忙挖出的。那个剥了壳，剁了头的笋，回到家里，母亲一称，足足十四斤。村民惊呼：“像你爸那样会挖笋……”

无论做什么事，父亲都肯下力气，在生产队时被派去挖笋的人中总少不了他。他每每不负众望，总比别人挖得多，挖得好。由于力气大，一挑能挑两百多斤笋回来。

其实，春笋也是以挖到泥里笋为荣，因为没出头的笋特别甜，好吃。父亲还告诉我，肉白的虾公笋为春笋的上品。一次同父亲上山挖笋，不小心笋中途断了，父亲拿着那笋，左看右看，只见笋肉雪白雪白的，还有水往下掉。他连着说了几句可惜后，竟然生生地把笋放进嘴里吃了起来，边吃还边说：“好吃！甜！能生吃的笋，必须是在黄泥土里，没出头，肉像雪一样白的……”

早就听说生笋能吃，但没见人吃过，今日见了我有点目瞪口呆。

见我如此，父亲把笋伸到我嘴边：“尝尝?”一股笋特有的清香扑鼻而来，但我不敢吃。父亲笑笑说：“记得有次去挖山番（一种有毒的植物）吃，差点被毒死，那才可怕呢!”初听这话我大骇，他笑着说：“女儿，生命的真实，仅仅是活着!”有着最好的体力，农活干得最好的父亲，一直以来都是在半饥半饱中过日子的。那一刻，我的心就是刚被他挖断的笋，有种破碎的感觉。春日的阳光照在安静的竹林里，看着竹林下稀疏的阳光碎片，明媚，诱人，可我的心却装满了农村人的所有凄凉。

父亲喜吃肉，不喜青菜，笋却是他的最爱！若能放点肉去煮，他就会说，这是天下最好吃的东西。所以有笋吃的日子，他总是神采飞扬。当然，如果肉和笋两者让他选，他绝不会像苏轼那样矫情地说：“可使食无肉，不可居无竹。”在农村，普通农民，平日里要吃肉是一种奢侈。

后来分产到户，我们有了自己的竹山。春冬季节，父亲几乎都在山上挖笋。冬笋是不肯拿来吃的，因价钱高，都拿去卖。父亲总说冬笋比肉贵，肉都吃不起，怎舍得吃冬笋。除非不小心挖坏的才会拿来打打牙祭。

只有春笋，母亲会变着法子来吃，笋片，笋丝，笋饼……吃得最多也最省事的是窖笋。这个“窖”字意味深长，也就是这笋要窖藏起来慢慢吃的意思。窖笋的做法是把笋剁成三四寸宽，两三寸长的笋块，放进大铁里，一大锅，要几十斤生笋。经过大火煮好的笋块装在大大的钵头或木盆里，想吃时随手拿上一块就咬，味道纯正天然，记忆中那就是农家最美的食物。

有笋的日子，劳动回来的父亲，会迫不及待地到装笋的木盆里拿笋吃，吃时嘴巴里会发出“嘈嘈”的声音。连着吃了几块笋后，才开始吃饭。父亲一个人一餐就能吃掉一大海碗的笋……

岁月的河畔，往事历历，却已成昨日之歌。如今，这些都成了心底最温暖的回忆。花谢了，会再开，叶落了，能再生，人走了，就再也回不来了。

我家竹山上的毛竹依旧青翠，春天一到，竹笋们照样争先恐后地疯长，可是，挖笋和吃笋的人再也不会是父亲了……

遗世独立的珍品

近年来，报上也有了自己的“豆腐块”，在上面不经意间也积下了十几万字的家当，友人就说还是出一本书吧，我知道在浮躁的社会里，许多名家的书都不好卖，有时间去读书的人越来越少，国人都奔着钱和利而去，有几个人肯静下心来读一本书呢？文化虽说不大景气，但人们生活好了，文化水平也高了，码字的人自然就多了，自费出书也自然而然地热了起来，仿佛一夜间春风送暖，百花盛开……

据说自费出书的是名人，名人挣得盆满钵满，肥得流油，出书那么点钱简直就是九牛一毛，所以有名气的人几乎都著作等身。才华横溢的作家写尽人世的恩恩怨怨，出版商削尖脑袋找他们讨稿子。我不是名人，没有隐私或八卦。又不是作家，不能用一支生花妙笔把读者眼球牢牢吸引住。我只是个空余时间码码字，穷得叮当响，寂寂无闻的农村人，拿什么资本来出书？再说有着五千年灿烂文化的古国，好书多了去了，人都是现实的动物，谁会去读一个名不见经传的乡下人写的东西呢？既然出书挣不得钱财，更不能赢得什么荣誉，难不成真像宋丹丹小品里说的拿去糊厕所墙壁？

当然，码过字的人，真不想出书的不多，不出书的都有各自的原因。每当有老师和网友送书，收到来自不同地方，飘着墨香的新书时，心里总有点受宠若惊、如获至宝之感，暗暗说着：要是自己也能出一本多好。

现在出书不是什么难事，如同到山上打捆柴或到菜地挖畦地那样容易简单。只要有钱，就可达到出书的目的，但是我缺少的正是钱这样东西。所以我是爱文字，又注定没本事出书的那个人。

于是常常想，一些达到发表水平的，都在报刊上发表过了，没有必要再去浪费纸张。自己这些年写的一些散文随笔，质量上，也就一般般，像这样的文字，网络上报刊里铺天盖地多了去了。出了书也难逃被“雪藏”的悲惨命运。

出一本书无非是想满足那一点点难以言说的虚荣，有钱出一两本书也很好，这样毕竟能沾沾文化的光。像我这样一无所有，兜里没钱的家伙，摆什么阔？出什么书？文字的美好，文字里的冷暖，不过是孤立无助时的一种想象罢了。《红楼梦》里就这样写道：“满纸荒唐言，一把辛酸泪。都云作者痴，谁解其中味……”

现实中，文字并不能改变什么，至少对我而言是这样的。当然，我是俗人，还没有超出三界之外，受不了诱惑，最终还是“出书”了。把那些像雪片一样散落在各处的文字收拢成册，让他们像兄弟姐妹一样天天聚在一起共享天伦，其乐融融，这于我，于我的文字来说也算是一种真正的幸福！

手捧沉甸甸的两本书：《站在秋天的最高处》和《岭头落雪小说集》，它们没有正式书号，不能叫作书，只能算是印刷品，不被世人承认，像两个灰头土脸没有户口的黑孩子，躲在尘埃的某个角落里，见不得阳光……

我并没有因为这书而羞愧，反而感到很释然、宽慰，甚至有那么一点点得意和激动。不管如何，毕竟是自己心血的结晶，辛勤劳动的成果。抚摸着洁白的封面，喃喃自语：这是我的书，是我心中的《兰亭序》，是遗世独立的珍品，是一块纪念碑……

忍不住，我对着默默无语的群山，大喊一声："我出书了。"在这穷乡僻壤，我这没有"封号"的书也算是开天之举吧，就这还要多谢了陈云才和张善荣两位校长，若是没有他们的帮助，我怕连这小小的愿望也难以实现。